欢迎你走进我的世界，
亲爱的朋友

生命之美

张金辉 著

时代文艺出版社
SHIDAI WENYI CHUBANSHE

图书在版编目（CIP）数据

生命之美 / 张金辉著. -- 长春：时代文艺出版社，
2025．3. -- ISBN 978-7-5387-7617-1

Ⅰ．Ⅰ267

中国国家版本馆 CIP 数据核字第 2024J3Q972 号

生命之美

SHENGMING ZHI MEI

张金辉 著

出品人：吴　刚

产品总监：郝秋月

责任编辑：余嘉莹

装帧设计：百悦兰棠

排版制作：赵海鑫

出版发行：时代文艺出版社

地　　址：长春市福祉大路5788号　龙腾国际大厦A座15层（130118）

电　　话：0431-81629751（总编办）　0431-81629758（营销部）

官方微博：weibo.com/tlapress

开　　本：710mm×1000mm　1/16

印　　张：12

字　　数：178千字

印　　刷：河北文盛印刷有限公司

版　　次：2025年3月第1版

印　　次：2025年3月第1次印刷

书　　号：ISBN 978-7-5387-7617-1

定　　价：68.00元

图书如有印装错误　请与印厂联系调换　（电话：0312-3703833）

自　序

　　大约五六年前，我突然有了一个莫名其妙的想法——写书。之所以说莫名其妙，是因为我并没有很扎实的文字功底，也没有出色的文学造诣，出书对于我来说似乎是绠短汲深。但是我自己清楚，我并非心血来潮，也不为名利和炫耀，而是我觉得如果把自己的经历写出来，或许会对一些人有一份特殊的支持。

　　我曾是一个被医院宣判"死刑"的人，穿越绝症的终点线，走出婚姻的沼泽地，却从未在事业上颓然懈怠，反而一路向阳，野蛮生长。我希望那些曾经得过大病的人，看到我的故事，会看到生的希望；那些婚姻挫败，绝望痛苦的人，在阅读这本书时，会明白爱的意义，并学会爱自己，从而获得真正的幸福；那些在事业上迷茫失意，甚至一蹶不振的人，看到我的创业经历，会倍受鼓舞，并且有所启发：一个人的学历、背景等客观因素并不能成为阻碍我们成功的理由和借口，我们每个人都有无限的可能性和无限的潜能，只要我们愿意，就一定会活出我们想要的样子。

　　基于这个想法，从五年前的蠢蠢欲动，到今天此书的完成，一路上磕磕绊绊，反反复复，停停走走……终于，真的要和大家见面了。一想到这半生回忆，多少悲欢离合，荣辱成败，都融入于此。某一刻，静下来，看着这些文字，我也会热泪盈眶，被自己感动。这本书，是我对自己的一份确认，也是我送给自己最好的礼物。

　　同时，我也想把这本书送给你，就是此刻的你。

我想让你知道，有一个人是这么活的——面对死亡，从最开始的恐惧无助到向死而生，最后与自己的病情和解，并涅槃重生；面对婚姻，从最开始的抗拒背叛到接纳反思，最后能一笑而过并从容面对自己的后半生；面对财富，无论时代如何变迁，环境如何变化，她的内心都充满喜悦，并通过自己的努力，实现了外在的物质富足。

　　有缘人，如果你看到这本书，能够带给你一点点力量，我就觉得足矣了。

　　本书得以出版，我要特别感谢一群人，没有他们就没有这本书的诞生。首先要感谢的是闻竹老师。如果说《生命之美》是一棵树，那么在我手里，它曾经只是一粒种子，在闻竹的帮助下，我们一起施肥、浇水、修剪枝丫，才得以让这棵树发芽、长大、开花、结果；感谢孟谊霖用她的才华为本书创作了若干幅极具寓意和美感的插画；还有我团队的小伙伴们：毕瑀、孙淑梅、王燕、孙大磊、张轩源等为本书献计献策和辛苦付出。最后，我要感谢我的父母，是他们给予了我最宝贵的生命，让我在这个世界拥有了一份如此波澜壮阔的体验。

　　最后的最后，我想对所有的读者说：亲爱的，欢迎你走进我的世界。大家看似在读我的故事，但是我相信，我们对生命的美好追求，都是相同的，我们走的其实是同一条路。在这条路的尽头，你终将明白：爱自己，是一生的修行。

张金辉

2024 年 4 月 9 日

18 岁的我

20 岁的我风华正茂

1989 年，我结婚时与父母合影

1991 年，大女儿刘倩含出生

2007 年，收养二女儿马华

2006 年，37 岁的我，癌症二次转移稳定后

舞台上的我

事业上从未停止追梦的我

2011 年，带父母游北欧

带大女儿出国游学

2018 年，49 岁的我抗癌成功并完全康复

目　录

第一章

童年往事

幸福的底色

在心理学领域，童年生活和原生家庭对一个人的人格形成起到了至关重要的作用，对我当然也不例外。如今，许多童年印象已从记忆的高墙上剥落了，但仍有不少事像珍珠一般闪着持久、纯洁的光芒，历历在目。当我试着拾起这些来自童年的记忆碎片时，我仍然想要深深地感谢我的父母，他们为我的人生涂上了富足、幸福的底色。

二十世纪六十年代，我出生在吉林省长春市九台县（现为长春市九台区）的农村。那时农人们大多日出而作，日落而息，过着简单朴素的生活。有一次，父亲向我展示了他的一张工作照，照片上，一根高耸的电线杆直指天空，一个"小黑点"攀在电线杆的顶上，父亲告诉我说，那个"小黑点"就是他。看着照片上的父亲爬得那么高，冒着那么大的危险工作，他高大的英雄形象在我心里树立起来。这是我父亲的第一份工作——电工。

在那个物质资源匮乏的年代，我的家庭跟周围的大多家庭一样，都过着一种勉强温饱的生活。跟哥哥们一起捡煤核的场景让我记忆犹新，家里的煤烧光了，我们就去附近工厂后身的煤堆里头翻煤渣，我们轮换使用一把小斧，用它一下下地刨，好久才能搜集出一小筐可用的煤核。有时候，捡回来的煤核不够用，无奈要向邻居去借，家里有余煤时再还给邻居。那个年代的东北农村几乎家家如此，日子长久悬停在生存危机的边缘，富足、先进的生活几乎不可想象。

有一段时间，父亲在石头口门水库上班，可以比较便利地打捞到水库里的鱼——以鲫鱼和泥鳅鱼为主。有时父亲把满满一编织袋的鱼捆在自行车后座推回家，为我们改善伙食，父亲一路推车，新鲜的泥鳅鱼就在袋中一路折腾，父亲腾不出手管它们，就任它们往袋子外头钻，奔赴自由。鼓鼓囊囊的一袋鱼到家时大概还能剩下多半，已足够我们一家人饱餐几顿，甚至还有富余的可以晒成鱼干。晚餐时，一家人意犹未尽地咂吧着鱼骨残留的汤汁，分享一天中的琐碎，所有疲倦和空虚都消散了。在细粮和荤油紧缺的年代，这是十分令人眼红的。

父亲工作勤恳，头脑灵光，随着他的发迹，我家的经济状况也得到了长足的改善。

我家是那一带的农村家庭里第一个拥有摩托车的家庭，第一个拥有电视机的家庭，第一个拥有电话机的家庭……总之在物质条件上，我家占了许许多多个"第一"。二十世纪五六十年代的时候，有个说法叫"楼上楼下，电灯电话"，这是当时的中国人对现代化生活的最高期许，不过到了八九十年代，也并不是每个城市家庭都能做到"楼上楼下，电灯电话"，何况是一个相对落后的农村呢。

自从拥有了电视机，我家就成了村里的"公共影院"，邻里乡亲们三五成群，不分时段地聚到我们家看电视，那段日子，家就是个大会场，蹲在地上的、坐在小板凳上的、窝在炕上的乡亲们你挨着我、我挤着你，近乎再没有可以落脚的地方。天黑以后，家里的热闹有增无减，我这个"小主人"只得无奈地爬到原本用来装衣物、被褥的大柜子上睡觉。

父亲、母亲热情好客，邻居们每次过来看电视，爸爸都跟他们热切地交谈，妈妈则一锅接着一锅地炒瓜子，招待大家，里屋、外屋全都热气腾腾。有时，到了晚上，我已经困得七荤八素，邻居们却正看得起劲儿，我伴着电视声和邻居们的吵嚷声入睡，下意识地翻身，一定能听见"哗啦"一声，那是近乎能将我整个身体盖住的瓜子皮被我从身上抖散在炕上的声音。"哗啦"一声响，我就知道"公映"已经结束了，邻居们吃饱喝足各自回家去了，我才终于能再睡个安稳觉。

家里条件变好了以后，我家并没因此跟周围的人产生隔阂，我们乐意跟大家分享资源，也因此变得和大家更亲密了，收获了好人缘、好名声。直到父亲意识到这种没节制的"好客"实在影响家人的生活，尤其影响我们兄妹三人的休息——那段时间我们总是睡不好觉，第二天起不来床，去学校上课，整个人也没精打采——他才决定晚间不再让邻居到家里来闹腾。为了避免邻居们嚼舌根，家里的电视机干脆不在那个时段开了，自己家人也干脆不看。

有一个晚上，我正在写作业，无意间瞥了眼窗外，顿觉后脊梁发冷，吓得"啊"一声叫出来，黑压压的一片人影压在我家窗前，是那些被拒之门外的邻居。他们并不甘心，于是纷纷扒着我家窗户从外面偷看，看见我家的电视果然关着，他们才悻悻而归。

家里虽然富庶，文化氛围却相对稀薄，妈妈识字有限，甚至连自己的名字都不会写，她那辈兄弟姐妹八个，她排"老五"，也是女孩儿里的"老三"。因为是女孩儿，家里不供她读书，这在当时是很普遍的现象。妈妈的见识短了些，但生性忠厚、温润。爸爸勤恳、上进，迎着时代的风潮早早地致富，赢得了财力和地位，家里家外都备受尊重。有时候老两口发生冲突，话语权八成握在爸爸这边，他嘀里嘟噜说一大堆，妈妈一句话也插不上，或许也不敢还嘴，心里定然有许多委屈、不甘，正是这种男强女弱的家庭结构，既让我对爸爸产生了一定的"慕强"心理，也使我感到，女人如果没有金钱和地位，都会落得像妈妈一样。

那时我的心中已然萌生出一种意识：没钱是不行的。有钱才能收获尊重，收获价值感，在人际中占据中心位置。

前互联网时代出生的我在追忆童年时，并不觉得那时收获的乐趣比今天的孩子们稀少。细想当时的游戏项目，实在原始而匮乏，可其中乐趣仍然延绵不绝。冬天，我和哥哥们常在雪后出门玩耍，我们在积满雪的土包和水沟附近挖凿，抠出一座座雪屋和一条条地道，在自己建设的避风港中藏匿、疯闹、打滚，玩上一整天的"过家家"。家门口的小河也是天然的游乐场，冬天，河面结成厚厚的冰层，我们就在上边疯跑，玩爬犁，打出溜滑，抽冰猴。

欻嘎拉哈和打口袋是我擅长的两个项目，前者我今天还能露上一手，后者更是在行，我可以单手同时扔四五个布口袋并保证它们每个都稳稳命中目标。踢毽子、踢口袋的功夫也不在话下,我"连打连"的最高纪录是十八个。

有一年的正月十五,父亲为我和两位哥哥设计了一份特别的花灯表演。父亲带我们来到家附近一条长长的土道上,他把几大袋跟柴油搅拌过的锯末分装在几十个小铝盆中,然后把小盆沿土道摆放,十步一盆,摆成一条延伸到视线远处的长龙,摆放就绪后,父亲就带着我和哥哥用火种依次将铝盆中的木屑点燃,花灯表演也就开始了。我们从"龙首"开始,一路小跑,一路点火,一簇簇火焰便迎着寒风有序地蹿起,将沿路的雪地照亮,不一会儿,本来不起眼的土道,就成了我们的烽火台,我和哥哥们兴奋得无以言表,只能又蹦又跳,开心地叫喊。那是我从没见过的视觉盛宴,长大后的我见过许多壮丽奇景,可没有什么能够代替那样的童趣。

小学时代

小学时代,我家从原来的住处搬到九台县郊区的胜利八队,玉米成了我们家最主要的口粮,搬家前吃惯了水稻的我们,被干燥、粗糙的玉米面噎得叫苦。为了抵御食材的不堪,我和哥哥在吃法上频频创新,倒也吃得不亦乐乎,我们把母亲贴好的玉米面大饼子从中间切开,把自家酿制的大酱涂在两片饼的里面,中间夹上黄瓜或其他青菜,做成极简版的"东北农村汉堡",那种清甜的味道我永远也忘不掉。

那时最贪恋的吃食大概是荤油。荤油即猪油,是稀缺玩意儿,我们常说贫苦年代的人肚子里"油水不足",说的就是他们吃下的荤腥太少,荤油是从肥猪肉里提炼出来的，过程不复杂——火烧空锅，锅热后下肥猪肉，转小火慢慢熬制，有时也加入葱、姜等香料提味，直到满满一锅猪肥肉熬干，缩成干瘪的"油滋啦"，肉里提炼出的油也大量地溢出来，填满锅子了。

荤油的原料是猪肉。按照东北农村的习俗，有些家庭每年宰一头猪，用这头猪炼出的荤油供一家人一年的烹饪。可以想象，三百多天，一日三餐，一餐好几口人，荤油每顿都要省着放才够吃到过年。

即便我们家的条件优于别人家，可母亲勤俭的习惯还是没有丝毫改变，她死死把控着家里的荤油使用权，不肯多用一点儿。为了从妈妈这位细心的管家手里偷得荤油，我和两个哥哥施下配合天衣无缝的"调虎离山计"，我们中的一人负责跟妈妈撒娇，说肚子实在饿，请妈妈再去菜地里再摘些吃的，妈妈前脚刚迈出屋门，我们两个就用最快的速度把高台上的荤油和酱油偷出来，尽可能多地拌在高粱米饭里面，然后狼吞虎咽地吞下，咀嚼的次数能少则少，情急时恨不得直接将一大口饭吞下去，有时候妈妈回来，还能赶上我们憋不住的饱嗝或嘴角擦不干净的饭粒，她似乎从来没深究过，实是因为妈妈眼神不好，一只眼有玻璃体混浊的毛病，多年后我们把这段偷荤油的经历讲给她听，大家都笑得合不拢嘴。那段嗜荤油如命的日子，让我落下了"后遗症"，直到今天，我一闻到荤油炝锅的味道，都忍不住一阵反胃。

在同龄人里，我算得上能歌善舞，加之性格活泼懂事，颇受老师喜欢，就被任命为班级的文艺委员。运动会、文艺晚会等集体活动，我负责主持、组织各项排练。如果说我在舞台表演方面的能力强过其他同学，那大概是拜家里那台受人瞩目的电视机所赐，我比大多同学更早、更多地观赏过各类文艺节目，掌握的经验跟素材比较多。我的文化课成绩算得上中优，班里四十人左右，我的名次徘徊在全班第十名上下，最高没进过前五，最低没掉出过前十五，相当稳定。

跟我的父亲一样，在集体里，我的人缘相当好，从同学到老师我都处得不赖。在家里是"小公主"，班里是"孩子头儿"，回想起来，我似乎一直习惯于扮演众星捧月中那个"月"的角色。四年级的时候，班里来了一位女插班生，这女孩儿在转来我们班以前，也是位颇有威望的班长，成绩好、能力强，转到我们班后，她很快跟老师、同学们打成一片，大有成为班级里"新星"的势头。一山不容二虎，插班生来了不久，很快意识到我是这座"山头"里最受欢迎的那个，于是她就在班里搞起了小团体，想要打压我的气焰。我自然不服气，就跟她明里暗里地展开了"权力斗争"。

我跟这位插班生不同：她更擅长主动、刻意地维护人际关系；而我大概是凭着某种与生俱来的"领导气质"，或豁达的天性，天然地吸引着大家的簇拥。一开始我并不愿跟她计较，我觉得"天下大同"的班级氛围很好，彼此没有分别。可这女孩儿总是背地里搞一些小动作，对我不依不饶，无奈之下，我只好做了些宣示主权的"动作"，我把班里的同学分批次叫到面前，明令他们在我和插班生之间选一位做朋友，"有她无我，有我无她"，那之后，这位插班生就彻底沦落到被全班孤立的境地。不过，此事过后不久，我和她就化干戈为玉帛了。我和这位插班生的缘分延续至今，多年后我开始创业的时候，她成了我的"贵人"，给了我许多支持。想来真是神奇的事，不过这些都是后话了。

五年级的时候，每天早上去学校之前，家里会为我备好一盒饭菜，在东北，这叫"带饭盒"，一般情况下，饭盒要放在学校的锅炉房保温，午休的时候再从那儿取回来吃。当时的学校没有热饭盒的地方，我吃了一段时间凉饭，经常胃疼，父亲就每天给我五角零花钱，供我去市场上买饼、买汽水，五角钱常常花不完，每天剩下两角、三角，我就攒下来，同学们知道我有"存款"，经常向我借用，买点儿零食解解馋，说是借，但"回头钱"可没多少，时间久了也就不了了之了。

几十年后的同学聚会上，大家还在拿这件事开玩笑，说现在大家都创下了自己的业绩，成为精英、富豪的也不在少数，而张金辉仍是班里最大的"债主"，全班四十几个同学，有二三十个欠我的钱。

"我欠金辉三分。"

"我欠她两角，还在账本上呢。"

大家在酒桌上如此调侃着，欢乐无限。

同学的事谈罢，再说说老师。老师当中，班主任张老师给我留下的印象最深。那时候教育资源稀缺，班主任一人教四五种科目，一天下来，大半的课都是他一个人教，同学们跟他自然最熟、最近。我常去张老师家做客，放学、节假日去得最频繁，张老师家里有个跟我一样大的男孩儿，张老师一并辅导我俩的功课，给我们做饭，有时天晚了，我干脆就在他家住下。"长大给我当儿媳妇"这样的玩笑也没少开。当然，儿媳妇没做成，但两家人却越处越好，直到我小学毕业，和张老师的来往才相对少了一些。

张老师做了二三十年的民办教师，将自己最好的年华献给了教育事业，可惜一直没有城市户口和几项相关证明。那之后的很多年，我已经搬到长春市，张老师忽然联系到我，听到我的声音时，他哽咽了。张老师拜托我帮忙联络证明的事，电话那头的他委屈、焦急，说自己大半辈子搞教育，现在赶上学校裁员，如果没有这份证明，三十多年工龄就要付诸东流，要我帮忙想想办法。

我义无反顾地选择了帮忙，老师待我不薄，何况他爱岗敬业、全心奉献，劳碌半生的他不该落得此种下场，我理应出手相助。最后，我专门向父亲说起此事，父亲也果断帮忙了，帮张老师完成了心愿，保住了张老师下岗后的相关补贴。

另一位至今留有印象的老师，是初中时代的外语老师，那位老师很有个性，浑身上下透着优越感，说来也难怪，那个年代外语人才稀缺，加之普罗大众对一切跟"洋"沾边的事物抱着一种天然的好奇跟向往，外语老师也就自视甚高。我不喜欢外语，外语老师的高傲更让我"厌屋及乌"，不学习是我对抗他的有力手段。那时候我为这份抗争感到光荣，而最终受害者却是我自己，外语成绩一落千丈让我对这一科目产生了更多畏难情绪，也是我后来选择辍学的导火索之一。

那时我无论如何也想象不到，后来的我居然走南闯北，遍历四五十个国家。虽然陪在我身边的都是一流的翻译，可我仍然觉得遗憾，语言是一个民族、一种文化、一套思想观念最直接的表现形式，精通一种语言，就从精神上接近了一种文化，也只有使用这套语言，才能最直接、最深切地接触它背后思想的精微。后来我在心理学领域深耕，心理学是起源于西方的学问，如果精通几门外语，我想我对它的理解和体悟或许会更近、更妙。虽有遗憾，但我也接纳这样的自己，这份遗憾并不影响我的自信。

父亲的故事

述及童年时代对我影响最大的人，无疑是父亲。在我的心目中，父亲是智者，是勇者，是实干家，也是爱的践行者。但我深知他并非完人，甚至对他的种种弱点跟不堪如数家珍，可这丝毫无法削减我对他的爱。他对我的影响延伸至今，仍然浓重、深刻。

熟悉父亲的人，都说父亲命好，从贫苦到发迹，再到功成名就，一路不乏"贵人"相助。可贵人不会帮小人的忙，父亲诚实、忠厚，目光长远，以助人为乐。我始终相信，这些品格才是他有所成就的根本原因。

父亲勤恳好学，但凡谋定一事，定会用心钻研，在电器行业工作的那段时间，父亲的床头总是堆着厚厚的专业书，百忙之中，他也不忘随手拿起来研读几页，如此日积月累，他的书上布满笔记和折角，远看鼓鼓囊囊的，一本书胜似两本厚。被父亲翻旧、翻烂的书仍然赏心悦目，因为父亲的字十分好看，那些时候，我也学着父亲的样子偶尔翻翻书，实际上并不为阅读书本身的内容，而是痴痴地欣赏父亲的字——那些像工艺品一样的方块。就在我写作这本书的过程中，父亲的笔迹也不时在我的脑海里浮现，对他字迹的喜爱甚至给了不善写作的我一种莫名的自信：父亲的字写得好，我的书稿也不至于太差。虽然写字跟写作是两个截然不同的概念。

父亲的好字有迹可循，因为爷爷出身书香门第，早年间就是以写字为生的，据说他有双管齐下的本事，是远近闻名的才子、能人。

　　爷爷去世早，徒留不会干农活儿的奶奶和年纪尚小的父亲。父亲很快扛起养家的担子，从帮大户人家喂猪、倒尿罐子，到抱孩子、烧火炕，脏活儿累活儿几乎没有他没干过的，且样样干得明白、利索。那时的父亲不过十二三岁，已经能为家里挣来糊口的粮食。加上父亲的舅舅——我的舅爷常常帮衬，他们一家终归不必在那时挨饿、受冻。

　　父亲上学后，日子也比一般孩子辛苦，别人一周可以上满七天学，父亲却只能上两天，因为要负担家庭的温饱，他必须每周拿出大半的时间继续给别人家搬搬扛扛，或是做些农活儿。仗着年富力强，父亲日日早出晚归，定要干到力竭才肯罢休。神奇的是，即便如此，每逢考试，父亲也能拿到优于大部分同学的分数，才智可见一斑。

　　后来父亲向我们揭示了他"学半功倍"背后的秘密，原来他每次外出干活儿都要随身带着书本，干活儿的间歇就争分夺秒地翻看，随手捡起一根树杈、几块石子，也能在地上做简单的书写和运算。此外，父亲做事善于规划，他不喜欢"东一耙子、西一扫帚"率性而为，而是把课业分割成无数小块，再利用这些碎块时间，一一将它们完成、吃透。父亲信仰天道酬勤，他说无论天资如何，在掌握方法的前提下用心、用劲儿才是撑起一份好成绩的根本。在我的成长历程里，遇到过许多大人物，跟他们的相处使我有了此种体悟：成功这件事遵循的逻辑都往往是相似的，而遇到各行各业的巨擘以前，是父亲的童年经历为我上了有关"成功"的第一课。

冻秋子梨的教诲

长大后的父亲在技校学习汽修，毕业后被分配到九台县公路客运站，终于有了他人生中的第一份正式工作。可这份工作还没焐热乎，父亲就因为当时的政策，被遣返到家乡——那个大农村去。返乡的父亲很快做起了电工活儿，因为活儿做得仔细、利索，为人又宽厚，父亲的名声便在十里八乡传开了。

一次，他为公社书记家安装电缆，因为速度快、布线利落，给书记留下了深刻的印象。

这位书记就是父亲的贵人之一，他的政治生涯一路高歌猛进，也一直对父亲有提携。可父亲的成功究竟要归因于贵人，还是归因于自身的品格呢？古话说，千里马常有而伯乐不常有；反过来讲，伯乐再多，要是千里马名不副实，跑两步就摆烂歇菜，恐怕更行不通呢。

父亲的另一个特点是能"折腾"。古有孟母三迁，而细数我家的搬迁经历，大概是孟家也不能比肩的。在我有限的记忆里，搬家的次数已有五六回之多，可据妈妈回忆，我家实际的搬家次数远不止于此，细数下来恐怕有三十几回。真是令人惊叹！

父亲的青年时代，事业蒸蒸日上，搬家一来是为适应他的工作变动，二来是为争得更好的生活条件。从农村到县城，再到省城，每搬一次家，我们的住房条件和物质生活就比过去好一点儿。

父亲的商业头脑发达，买卖对他来说似乎不是工作，而是一种饶有趣味的游戏，他也有意无意地将这种意识播撒给我和两位哥哥。

我十二三岁那会儿，父亲帮一位雇主做电工活儿，雇主没钱付给他，就用搓衣板、塑料盆、塑料桶一类的生活用品顶了账，父亲全不计较，反而顺水推舟，把这些物件交给我和两位哥哥，让我们利用放学的时间拿到市场上卖，用来锻炼我们的能力。

我还记得当时两位哥哥局促、紧张的模样，带着一堆货物在大庭广众下抛头露面，他俩都感到有些羞涩，生怕被熟人看见。大哥的同学路过，他就兀自躲进隐蔽处，由我和二哥看摊儿；二哥的同学路过，二哥就藏起来，留下我和大哥；如此循环更替，放学到天黑那段时间，太多同学路过我们摆摊的地方，似是有意刁难我们，两位哥哥不知轮流逃遁了多少回，摆摊摆成了捉迷藏，恐怕是没得到什么有效锻炼。倒是我，对同学的眼光全无顾忌，只是把着手里为数不多的钱，数了一遍又一遍，享受着这场游戏的快乐。

类似的事情在我小时候常有发生，经历得多了，我和两位哥哥都对买卖一事萌发了兴趣，做起来也得心应手了许多。

一个冬天，父亲不知从哪儿进了一大车冻秋子梨，仍交给我们仨去卖。冻秋子梨是东北特有的，早年间是冬天最受欢迎的零食，买主自然也多。那次摆摊算是"进阶任务"，因为不光货品多、买主多，父亲还下达了明确的指令：不能赔本。我们仨也不敢怠慢。

一个上午过去了，也算成绩不菲：梨卖掉了半数！可直到父亲来查账的时候，我们才发现，本钱只收回了三分之一。父亲没有怪罪，反倒笑我们天真傻气。为了让我们学习经验，也为了让剩下的梨不要赔得更惨，父亲特意带我们拜访了一位附近的"商业奇才"——我们家对门的水果摊女摊主，一位性格开朗的农村妇女。父亲把剩下的半车梨交给她，拜托她代卖，让我和两位哥哥在旁边看着。这或许是我人生中的第一次商场实习经验，也第一次目睹了"无奸不商"的范例，真让我印象深刻。

奇才的手段很简单，买梨的人说要五斤梨，她便大手一抓，用秤一搓，瞄一瞄标尺，再假模假式地添两个或减两个，嘴里喊着"五斤高高的啊"，就朝拎兜里一装，给买梨的人拿去，再利索地把钱收进腰包。她动作娴熟爽利，可猫在她身后观摩的我们，还是很快看出了破绽，奇才的手法非比寻常，她每次称重都用小指暗中钩住秤杆，如此就能调控秤杆标尺显示的重量，当然，这重量比实际的重量只会多，不会少。如此卖梨，果然不出两天就回本了，生生把我和两位哥哥赔掉的那部分补了回来，真是惊为天人。

回到家，三个冻得瑟瑟发抖的孩子对父亲提出质疑：这哪是买卖，是骗人。

父亲笑呵呵地说，"看着玩儿就好了，不必学她。我让你们看她卖梨，是要你们知道，她的梨是如何卖出去的，你们卖的梨又是如何赔出去的。防人之心不可无啊。"我和两位哥哥面面相觑，多年以后我们也成了各自企业的老板，有了百万倍于那车冻秋子梨的买卖，才逐渐了解父亲话中的意味。

塞翁失马

后来，父亲做上了电器厂厂长的职位，他专业技术精湛，营销能力也值得称道。工厂在他的经营下蒸蒸日上，一切向好。那段时间，父亲选贤任能，亲自从基层提拔了一位二把手，这位二把手也称得上有能力，为父亲分担了不少压力。父亲因此对他更加信赖，工作中将他视为好伙伴，生活里把他当成好兄弟。

直到后来，父亲去南方出差后返厂，发现厂里竟然换了天地，才为自己的天真感到懊悔。

原来这位副手表面上不动声色，心里却一直觊觎厂长的职位，他暗自运作，在厂里拉帮结派，在厂外奔走钻营，终于得到了当地某位领导的支持。父亲早就对他的动作有所察觉，却没想到他暗地里想要算计的却是自己。趁着父亲出差的节骨眼，这位副手通过关系，迅速实行法定代表人变更，顶替了我父亲的职位。

父亲回来后，他设宴招待我父亲，名义上是接风，不过是为软话硬说，宣示主权，想让我父亲知难而退。父亲为人忠直，万万想不到这位由他亲自栽培、提拔的后来者，竟然恩将仇报，用这么卑劣的手段玩弄自己。

席间，新厂长一改往日不善言辞的模样，推杯换盏，夸夸其谈，对德高望重的父亲说个不停，父亲心里五味杂陈，全程无话。他努力忍耐着，咀嚼着这背地里的算计，还有那副小人得志的嘴脸，或许把学生时代学到的所有关于"容人""退让"的经典都默念了一遍，终于还是撑不住了，他嘴角的肌肉先是微微颤了一下，然后猛地从座位上站起来，抄起一个空酒瓶，抡圆了，朝那个聒噪的家伙头上砸过去。

"嘭"的一声，整个酒席都安静了，角落里好像还响起稀稀落落的三两下掌声，父亲说他有点儿记不清了。新厂长的脑袋被开了个大口子，接下来的日子都要扎着绷带上班，而老厂长拂袖而去，话也没有多说一句，随后干脆辞了职。父亲说宁可风餐露宿，也不肯与无耻小人共处一室。

当然，以父亲的能耐，风餐露宿是不可能的。那之后，父亲先是开了一家电器修理部，修理部的主要业务是修理个人家的鼓风机——农村家庭生火必备的电器。父亲的技术好、品性好，也善于结交朋友，他的修理部越做越红火，客户慢慢从个人家变成大小企事业单位，订单也从小家电慢慢变成了大型电器设备，如此过了几年，父亲的业务范畴不断拓展，修理部慢慢发展成了一家规模不小的工厂，厂区迁址长春。如果没有前面的"篡权"事件，父亲恐怕没有机会做出后面精彩的成绩。真是塞翁失马，焉知非福。父亲之前工作的那家工厂叫作"第一开关厂"，父亲为自己的工厂起名"第二开关厂"，就是为了回应自己那段被"篡权"的历史。

第二开关厂旧照

　　省会城市的资源丰沛，第二开关厂的势头也随之突飞猛进，长春不少楼盘的电表箱、监控器由父亲的工厂承包，使之一跃成为当时吉林省最好的电器工厂之一。也正是这家工厂，成为我初入社会的落脚点，帮我开启了自己的青春岁月。

第二章
青春岁月

懵懂的出纳员

　　十六岁那年，我决定辍学离校，父亲百般阻拦后无果，只好应允我去他的工厂里实习，做出纳。如前面所说，辍学的原因包括我对外语能力的不自信，但述及根本，是因为我对更广阔的世界以及赚钱这件事的强烈渴望。过去父亲常常说："钱不是省出来的，而是赚出来的。"这番话让我对为家创收这件事产生无比强烈的动力，我太想像父亲一样，走进广阔天地，用自己的劳动创造财富，而不是继续在校园里打转。

青春年华的我

　　因为是自家生意，父亲对我也没有什么苛刻的要求，这段工作做的是相对自在、悠闲的。大多数时候，完成了手头一点儿相对要紧的事后，就去打打杂，帮着厨房做做饭，倒更像是在无忧无虑地体验生活。离岗玩耍也时有发生。当时的城市休闲活动谈不上多，泡影院、逛商场已是比较前卫的体验。更多的时候是人们聚在一起谈天论地，那时人和人之间的往来频繁、关系紧密，相比今天，亦少了许多工具的介入，交互中更吐露出一些纯粹。我最喜欢的休闲活动是去大自然中行走、拍照。

当时的城市开发没有现在广阔、迅速，很容易就能去到城市的边缘地带，原生态的树林、草地也比比皆是。我自小喜欢和自然接触，躺在草坪上望天是一大乐事，白天看云卷云舒，变换形状；夜晚看星群闪烁，偶尔思考一些高渺的命题，傻傻的，不需要刻意做什么，幸福感已经很充足。但我的本职工作做得可不怎么样，这是因为缺乏经验，也缺乏重视。最初那段时间，账目总是出差错，我倒也有自己的办法：少了就从自己腰包里掏出来，补上一点儿；多了就拿出来一些揣回腰包，现在想来真是够荒唐的。

我的岗位涉及许多专业技能和基础技能，有时候写字磕磕绊绊，账目乱七八糟，遇到相对复杂的运算，脑袋就一团糨糊，这些情况都让我迅速意识到钱和读书并非是冲突对立的。于是我痛定思痛，来到吉林省会计师协会学习，如果能顺利从这儿毕业，我就能拿到相当于中专程度的学历，学历虽然不高，却能让我较快地学到会计专业的知识、技能。通过一年的学习，我的专业能力得到了补充，也让我对学习的渴望更加强烈了。

很快，我又为成人高考做起了准备。

人走向社会和集体的一个好处，是看见更多不同的个体，身边的人从"同学"置换成形形色色的人，成分复杂化，也使你的价值准则收获更多的参考。在父亲的工厂里，我有三个要好的同事，茶余饭后，我们总是不自觉地谈起各自那些还在读书的同学，言辞间满是羡慕，于是我们四人励志一起完成自考，"组团"做事，互相陪伴，互相打气。

参加自考的初衷，也包含想在父亲面前证明自己的成分。辍学前，父亲一再提醒我要用功读书，可我一意孤行去了他的工厂，现在又要吃"回头草"，免不了遭他贬低、讥讽。想要好好学习的另一重考量，是自己已经到了所谓"找对象的年纪"，学历、文化水平太落后，也没得竞争力不是。

一年后，考试成绩公布了。

我是几个伙伴里唯一考上的那个。无巧不成书，一个男人也恰逢其时地来到了我的生命中。

从懵懂女孩儿到得力帮手

有一件事对我的成长以及我和父亲的关系产生过不小的影响。

当时，工厂遭遇了一些棘手的业务，父亲为此终日愁眉不展。我和哥哥们涉世未深，母亲又没怎么见过世面，家里一时没人能帮父亲出谋划策，这更加深了父亲的孤独感。我的业务能力和社会经验都很浅薄，关于此事，我讲不出太多好办法，但因为一心想为父亲分忧，就特意找了个时间，凑到父亲跟前，不加铺垫地发表了一通我对事情的看法。

我还记得当时我慷慨陈词，说得口沫横飞，期待我的话可以换来父亲的赞许。可父亲没听我讲完半程，就不耐烦地摆摆手，说："你这'嘚吧嘚'地讲了半天，都是空话。"

我被训得哑口无言，又羞又恼。自信心受到了打击，满心不服气。

接下来的几天，我近乎把所有的思考力都投入到父亲的事上，誓要用一番精彩的发言打动父亲，挣回颜面。我经过仔细地分析梳理，重新组织好了我的发言，又找父亲聊了一次，这一回，发言效果极好，说话间，我发现父亲的眼睛"亮了"，他的眉头终于舒展开了，久违的笑意又回到了他的脸上。他惊讶地看着我，感慨自己终于有了一个能密切沟通工作事务的家庭成员；我更开心，一种被父亲看见、被父亲需要的感觉包裹着我，让我十分满足。

那之后，我就成了父亲洽谈业务的得力帮手，见客户的时候，我俩一唱一和，配合默契，总能取得不错的效果。跟客户催款，父亲负责陪酒，我就

年轻时候的我，很机灵也很调皮

负责把工厂的难处一一说给客户听，我把自己当作最鲜明的案例："卑微出纳员一月三百块工资都开不出来""家里上有老、下有小，全指这点儿工资过活"……我总能把七零八碎的信息拼凑、渲染成一个个忧伤的"故事"，那些故事实在动人，不光客户听了会心软，有时讲得我自己也被感染了，还能挤出些眼泪。

当然，这招也有不奏效的时候，因为我和父亲长得像，一旦客户细心比对我和父亲的脸，就很容易得出结论："别扯了！我早就听说张厂长的姑娘在他厂子上班，敢情就是你呀。"客户识破我跟父亲的关系，我的故事自然失去了说服力。此时我必须马上转换叙述视角，把故事继续讲下去，不能让场面陷入尴尬。我从小反应灵敏、能说会道，但论及在正式场合发言的能力，大概是这段经历给了我最初的锻炼。

这件事催逼着我心性的成长，从那以后，我在遇到重要事件时的表达习惯也跟着发生了改变，我不再像从前那样凭着情绪和感觉发言，只顾说，不顾想，而是让事情的来龙去脉在脑袋里厘出十分清晰的脉络，反复筛选出最佳方案后，才肯小心地提出意见。因为我深切地意识到"小女孩儿张金辉"没办法帮助父亲，没办法在他心中挣得更重的分量，只有看脸色的份儿，所以我迫使自己用"智囊张金辉"的角色思考、行事，人的成长、变化，都是在一次次看似无关紧要的小事中完成的。

一见钟情

经同事介绍，我遇见了我的爱人。

初见我爱人那次，所谓"一见钟情"的感受瞬间填满整个身体，恋爱中的化学反应真是说不清、道不明，抬头望他第一眼时，自以为情感迟钝的我，五官、六感全都起了意——"嗯，就是他！"——它们将这样的信息反馈给我，让我也一时摸不着头脑，可强烈的直觉又如此真切。

和他的相处，默契、融洽。他在工商局工作，也是个不折不扣的才子。他文质彬彬，举止自然且优雅，从内到外都透露着恰到好处的自信，讲话时，他的语言总是生动而有力量，既让人感到他是稳重、有见识的，又不会让人产生距离感。

那时候，年纪轻轻的他已经出版过自己的书。有时我们外出游玩，他触景生情，就从身上摸出一杆笔、一本笔记，随行随写，创作一些精悍的诗歌。低头写作时，他目光如炬，仿佛看见的不是现实景象，而是另一个宇宙。

我对他欣赏有加，他也对我认真、在意，我俩的感情迅速升温，仅仅相处了八个月，我们就共同做出了重大决定。

那天是我的生日，在我和他的约会中度过，个中甜蜜自不必说，第二天一大早，还没消化完前一日的幸福，他的身影竟直接出现在我家门口。

"你咋来这么早？"我有点儿错愕。

"跟你登记结婚啊！"他一副理所当然的模样。

听了他的话，与其说惊喜，倒不如说惊诧：情感上，他是我的亲密恋人，我发自内心爱慕的男子；可理智上，我们相识不到一年，别说"原地结婚"，恐怕连下次约会去哪里这种事我都没有深思过。与此同时，他那副斩钉截铁的模样，又让我感到可爱、可靠，于是整理了一下思绪，反问他："为啥结婚？"

"哪有为啥，咱俩谈恋爱，就是要结婚哪！"他望着我，笑着，"今天是你二十岁的第一天，正好到了法定年龄，咱们就在今天结婚。"

他如此急切地想跟我结婚，当然不是跟有些闪婚的夫妇们一样，奉行着什么浪漫主义的准则，他比我大七岁，那时已年近而立，传统观念催逼着他，让他急不可耐。可我年纪尚轻，涉世未深，说来不过是个初中辍学的小女孩儿，面对这么重大的决策，这么"莽撞"的邀约，我哪敢轻易答应？我心里又急又怕，既怕辜负他的爱意，又怕错付自己的韶华，意志在小女孩儿和人妻这两个角色之间的缝隙里夹着，恍恍惚惚，不知所以，一夜之间，嘴巴周围竟起了一圈大水泡。

第二天，看我睡眼惺忪，嘴巴肿胀的模样，他又心疼，又忍不住发笑。他仍然急不可耐地试探我："等你嘴上的泡好了，咱就去登记拍照嘛！"他这一催，我嘴上的泡更红肿了，脑袋混成了糨糊，我只好赶快询问父母的意见。

　　那时父母已经对爱人的家庭做过了解，知道对方是正经人家：双亲都在文化局工作，膝下连同我爱人在内的四个孩子，都是大学毕业，爱人自身的素质也无可挑剔。加之我俩感情好，父母就没做太多干预。他们只是一再嘱咐我说，嫁为人妻后，要好好待自己的丈夫，待自己的家庭，要尽责尽心之类。父母对我婚姻的态度，在当时看来是足够开明的。即便在人生大事上，他们也尽量保持着良好的界限感，不过分干预我的个人选择。这份态度冲淡了我对婚姻的担忧，也浇灌着我的独立自主的意识。

　　那之后不久，我很快答应了爱人的求婚，和他完成了登记。回看结婚证上的那张证件照，我嘴上的水泡印仍然清晰可见。

　　结婚以前，我在父母的庇护下过得轻松随性，总的来说仍然是个恃宠而骄的孩子。婚后我很快有了身孕，此前那种天真烂漫的状态也由内至外地被颠覆了。怀孕期间，腹中的女儿赋予了我前所未有的力量，那或许是所有准妈妈都曾有过的感受，一份甜蜜的担子忽然扛到肩上，把我从过去散淡、自由的状态里拽出来。

　　有时刚刚从睡梦中醒来，我还会感到丝丝茫然错愕：哦？我的身体已经不仅仅属于我自己了吗？一个我素昧平生却又从我身体里孕育而来的人，一个过去不存在的、被我和爱人创造出来的"小人儿"正在我的身体里安睡吗？我忍不住轻轻抚摸自己的肚子，看它一日日变得圆滚，预示着其中的生命日臻成熟，我也好像被他或她追赶着，迫切地想成为更成熟的自己。我意识到自己必须培养一技之长——一个可以无论到哪儿都能独当一面的本事，必须尽量切断原生家庭对我的供养。一种独立创造生活的意识就在我脑海里生根发芽了，我迫切地想要做一番事业，创造属于自己的生活。

不想说再见

女儿半岁左右的时候，爱人决意辞去稳定的工作，去国外发展事业。他选定的国家是西班牙，去那儿经营一家饭店。新婚的我们自然不愿经历这次分别，然而也恰恰是因为结了婚、生了子，共建了这方属于我们的爱巢，两位青年想要为它奋斗的意志才真正被点燃，且越烧越旺了。

我和爱人结婚时住的是娘家房子，家里的林林总总也大多是长辈为我们置办的。说起这件事，我至今仍感到有些遗憾，原委是这样的：我的父亲很富有，此前我的两位哥哥结婚，父亲分别为他们置办了两室一厅的房子，而我结婚时，却遭受了区别对待，父亲没有为我们购房，原因也很简单：我是女儿。

读到这里，很多读者大概已经眉头紧蹙了，"重男轻女"这么落后的观念放到今天当然会遭人冷眼、唾弃，不过放在当时，尤其是我们这样农村出身的家庭，这种观念近乎深入每个人的骨髓。至于为什么重男轻女，为什么经济持续发展的前提下还要重男轻女，为什么社会日新月异了还要重男轻女，为什么明明不差那一套房钱还要重男轻女，恐怕当时的我并没有深思，更无心挑战它。它是约定俗成的，是"权威"的、必须服从的，不必合乎逻辑。

无奈的是，我爱人家里也只有一套房，如此，住娘家房就成了必然。

我这方面，不想做一直蒙自家荫庇的小孩子；爱人那方面，作为一个男人，更不甘在岳父母打下的基业上长居，我们心里都为此暗自酝酿起一股斗志，想好好打拼，争取一份自己的居所，一份靠自己的劳动换来的、属于我们这个小家的生活。

说起斗志，我的爱人应该更胜我一筹，或者说，他的意气更胜我一筹。这不难解释，此前他在政府就职，是个有头有脸的公务人员，人长得挺拔、英俊不说，也有才气，有文化底蕴，属于"文艺青年"那一派。这种类型的男性大多有几分傲骨、几分优越感，可是跟我结成连理之后，我的家庭却不太吃他那一套，什么诗词歌赋、风流倜傥，在一个商人之家看来，多带几分"虚"，你不是在政府上班吗？不是知识分子吗？真那样了不起，怎么结了婚，许多现实问题还要仰仗女方家庭呢？——这些尖锐的问号，自然不是我心声的节选，我发自内心地欣赏他、爱他，这和物质没有半点儿关联。它们来自我的家族，或者说，是来自许许多多跟我们一样将物质需求的重要性置于精神需求之下的群体。和"重男轻女"一样，这种意识形态的形成是不自觉的，是受制于社会环境的。身处问题当中的我们，没有丰富的生活经历，没有做过相关的心理剖析，是很难改变、甚至很难意识到它的。

自从我和爱人相识，我可以感受到我们两个家庭——两种圈层在许多事情上暴露出的对立感，可作为一个懵懂的女孩儿，我没有能力处理这种对立感。我只是隐隐察觉到爱人的自尊心受到了伤害，却又不知怎样安慰他，怎样帮他调节这份隐含在我们生长环境中的不协调。可我爱人受到的打击是直接的，或许正是因为这份打击，他才做了出国这个重大的决定。如果当初的我可以预料到后面发生的事情，就算跟爱人租房住，也不会选择住在娘家。可惜人总是后知后觉。

无论前因后果如何，那个当下的我和爱人，都是一心为我们的家，都燃起了底色相近的斗志，在这份斗志的推动下，离别的伤感似乎也被冲淡了些许，"两情若是久长时，又岂在朝朝暮暮"嘛！于是我们细致地考察了与出国相关的诸多事项，他也果断地办理了手续。从爱人做出决定到他乘上飞机，不过两个月光景，称得上雷厉风行。

临别难免伤感、泣涕，然而爱人不为儿女情长过多牵绊，勇于打拼闯荡、顾全大局的姿态，则无疑加深了我对他的爱慕和对未来的憧憬。想着他有朝一日荣归故里和我们团聚的画面，或是一家人游历海外、享受海潮跟阳光的景象，我心里又生出一分不可替代的喜悦。

"我等你"一类煽情的话没多说，因为不必说，彼时我俩的感情实在坚实，亲密得如同一具躯体里住着的两个灵魂，无论他走多久，走多远，我自然会等他，他也自然会回来，千难万险也打不败我们的爱，一次短暂的分别又何惧之有呢？

看，当时的我对这份爱多么自信哪。

如今回想，无论后来的我俩遭遇了什么荒诞事，我们的关系演变成何种样貌，那段和他共度的时光都是真挚的、深刻的，我无法否认，多少年过去了，它仍能带给我力量。

爱的力量是恒久的。

后来的日子，我偶然读到李敖先生的一首小诗——《然后就去远行》，被深深打动了，诗中所述情绪未必能跟我和爱人的故事一比一对应，但它透露出的风度，仍然影影绰绰地暗合着我爱情的宿命。我将它贴在这里，供大家欣赏：

> 花开可要欣赏，然后就去远行。
> 唯有不等花谢，才能记得花红。
> 有酒可要满饮，然后就去远行。
> 唯有不等大醉，才能觉得微醺。
> 有情可要恋爱，然后就去远行。
> 唯有恋得短暂，才能爱得永恒。

两个家族的围城

爱人做事认真、严谨，富有责任心。他习惯对生活、工作做出详细的计划，也能按部就班地执行，他的自律让我产生了一种安全感。与此同时，他为人处世免不了一些"清高"的姿态，一举一动间展现出的神情、动作，都透露出些拒绝从众的意味，用老百姓的话说，是有点儿"不合群"的，或许每个热爱文学艺术的人都难免有些个性吧，所以对于爱人的性格我是能接受的，毕竟情人眼里出西施，爱能包容一切。但对于他的家庭，特别是婆婆的行事风格，我很长一段时间都难以适应。

比如刚结婚的时候，我去公婆家拜访，婆婆煞有介事地拿出一个笔记本，告诉我说，从今往后家里的收支都要细致地记录，她的本意是好的，却直接引起了我的不屑和反感——记账当然是个好习惯，然而联想我自身的经历，别说自己的"小钱"，就是家里的"大钱"，向来也是说拿就拿、说花就花，哪有记账一说？婆婆的举动让我感到有点儿"好笑"和"小家子气"。我表面上毕恭毕敬地把账本接过去了，心里却是不屑的。

记账本身跟"小家子气"哪有半点儿关联？人的感受就是如此，它顺应着你的习惯生发，如果不予深思，很容易被它拐到十万八千里之外。

那之后大概过了半年，我就从婆家那儿得了个外号：败家媳妇儿。

这个外号我担得实至名归，尤其从婆家那边看，他们活了大半辈子，恐怕也都没见识过我这样花钱大手大脚的。吃穿用度，每一项都走向"勤俭节

029

约"这个词的反面，喜欢的东西从不放过，吃饭必去好餐厅，买回家的商品，从质量到品类也都帮时代印证了商品社会的繁荣。每次我给婆家买的礼物，也免不了让他们犯几天愁，"金辉呀，你拎这么多东西回来，够我们老两口一个月工资了，可悠着点儿吧……"

公婆的忧虑，那时的我是无法感同身受的，谈到工资，光是厂里每月发给工人的，都要用大号编织袋，一袋接着一袋地装运，家里储备的现金更是懒得数，打开保险柜，里面总是很充盈，自然而然地为我制造了"钱怎么可能花完呢"的印象。

两个家族之间对待金钱的态度大相径庭，我们之间的分歧也越来越明显。记忆中有一个比较夸张的事件。那是在事业做得越来越好时，我们在大连买了一套别墅，我和爱人准备招待一位级别很高的宾客，我交代保姆准备好的食材——价格昂贵的海鲜、上好的酒，做一桌有模有样的菜。保姆花了一上午的时间采购、备菜，其间被婆婆撞见了，婆婆看见满厨房的珍馐佳肴，竟上前阻拦，说："不是说好今晚炖茄子吗，又整这么铺张干吗？"

保姆向婆婆说了我们要接待客人一事，婆婆大概也没搞清楚这位客人有多重要，对我们的影响有多大，竟硬是把保姆拦下来，炖了一锅茄子、土豆，蒸了一锅大米饭。

我和爱人把宾客接回家时，场面尴尬至极，从邀约到上门迎接，我和爱人礼数周到，唯独在最关键的节骨眼卡住了，一向谙熟社交的我一时间也哑口无言，不知道怎么圆场了。最后临时改去外面的高级餐厅吃，算是勉强把场面应付下来了。那次我真想发作，可那毕竟是自己的婆婆，老人有老人的局限，只好按住火气，想办法好好说。

后来，我想到一个可行的方案，干脆把后勤工作的决策权彻底交给婆婆，再定期支付她一份有名有姓的"公款"让她支配。如此，她以更正式的身份帮衬我和爱人的工作，而后把事情跟婆婆说了，开始每月交给她一万元钱，强调"不够再管我要"。无奈的是这招儿也不奏效，婆婆花钱还是小心翼翼、畏手畏脚，很多必须的采买，她都因为舍不得，自作主张地置换了、取缔了，这让我和爱人无比头疼。

最后，我和爱人决定跟婆婆进行一次谈判，这次谈判的主题是"炫富"，我们必须要让婆婆知道，我们现在的收入水平可以供她放心地消费，或许这样她才能真正放开手脚。

那个晚上，我和爱人把能找到的房产证、车辆证明、存折，一切跟财富有关的凭据、手续全都整理到一块儿摆在婆婆面前，向她说明"这个值多少""那个值多少"，我们每月的工资、课时费、营业额等，通通交代了个遍。

我负责展示和介绍，爱人负责做思想工作，"妈，有钱不花，留着也不能下崽""再说你花能花完是咋的？你咋花都赶不上我俩挣得快"。

这么一通下来，婆婆终于放松了，过去她也知道我们条件好，可这次恐怕是她第一次了解我们真实的财富是怎样的体量。大量的财产证明给了她十足的底气，一时间她又喜又气，拍着大腿，开玩笑说："我舍不得花，还不是因为我家老头子没本事嘛！"转头又对公公发难："你争争气，像金辉他俩似的，我也不用抠门大半辈子啊！"

瞧，小到一餐一饭，坐卧行走，大到一次影响命运走向的决策，背后都有根深蒂固的信念作为支撑，信念不转换，人永远缩在自己那块小小的壳里，没法改变，而转换信念的第一步，首先是"看见"，看见了才能"相信"。

话说回来，结婚以来，我和婆婆的关系始终是和谐的。我给予她足够的尊重，无论她做了什么让我和爱人感到不适的事，我都坚守一个原则：不能跟老人吵架，尽量智取；二来，我关心婆婆，无论年节，还是她过生日，我的礼物、红包从来没少过。我和爱人搬回长春居住以后，把大连那幢别墅的居住权交给了婆婆，让她带着我大姑子、小姑子生活在里面，后又在大连当地的高档小区给她租了月租昂贵的楼房居住。再往后，婆婆到美国颐养天年，我们对她也不乏问候、探望，总的来说，婆婆的后半生过得富庶、滋润。对我们双方的父母，我和爱人都尽了孝。

我很赞同一句话：婚姻不是两个人的事，而是两个家族的事。钱锺书把婚姻比作围城，一男一女走进围城，虽然从物理距离上跟各自的原生家庭疏离了，但他们的身体里仍然流淌着各自家族的血液，基因里仍然饱含着各自家族的记忆。我婆婆之所以对金钱极度缺乏安全感，其实和她的原生家庭是分不开的，而她的各种行为和信念，又潜移默化地影响了她的儿子，也就是我的爱人。多年后，我爱人在对待金钱的信念上也渐渐显露出他的模式，并且和我产生很大的冲突。

其实，社会中的每个个体都是其家庭的延伸，再独立、再清醒、再成熟的人，也很难彻底切断原生家庭对他的熏染和影响，有些特性，一带就是一辈子。善于自省跟自我调节的人，尚能通过观察和练习，慢慢淡化这种影响；另一些人，恐怕终生都没有意识到，他的自我塑造没有跳出原生家庭的框架。

第三章

创业之路

幸福的猪倌儿

刚怀上女儿的时候，我偶得了自己人生中第一份正式的买卖。它让我对赚钱的艰辛，和"贴标签"一词有了深切的体味。

一次回九台叔叔家串门时，我和叔叔望着他家宽敞的院子临时起意，想到了一个赚钱的法子：养猪。彼时我对养殖、经营一类的事全无概念，只是一心想做些什么，尽快摆脱工厂出纳员的身份，于是和叔叔一拍即合，他出场地，负责具体的养殖经营管理，我则用前几年攒下的钱做投资。一家小小的养殖场就这样成立了。

和叔叔去农村进猪崽的经历我此生难忘，当时我们雇了一辆大货车，车头单排座只能坐下司机和叔叔两人，回来路上我自告奋勇，去货厢里与满厢的猪同"坐"，以为好玩儿。可才一登上货厢，剧烈的酸臭味就扑面而来，冲得我连连干呕。当猪嘴和猪屁股朝向我的脸时，其中散发的气味更是难以言喻，我只觉得眼耳鼻喉、五脏六腑都被那股气味剧烈地撞击着，避无可避，只好尽量把手臂向外延伸出去，抻得老长，一手扶着猪的脖颈附近，一手扶着猪身，让离我最近的那只猪尽量侧对着我，才能稍稍减轻气味的进攻。

今天的小伙子、小姑娘们养猫、养狗，戏称自己是"铲屎官"，每每听到他们这样自诩，我都暗自发笑：将近四十年前，我已经在为猪铲屎了，相信我，那绝对是个难以想象的工作。

父亲的工厂跟当时的名牌饲料厂家有业务往来，使我和叔叔能够低价拿到了上好的饲料，我家的猪自然长得比别家的好，猪毛锃亮、猪肉肥美。慢慢地，我家的猪肉卖出了名，每天都有农人过来打听我们养猪的秘诀，这无疑又触发了新的商机——我和叔叔开始代卖大厂的猪饲料，没承想，饲料卖得比猪还好、还快，养殖场的成本通过一年的奋斗，终于收回来了。

没过多久，我们又搞了一个"新特饲料商店"，生意非常红火，猪就顺理成章地不养了，变成了饲料专卖。后来，叔叔找我谈话，想让我从饲料店撤股，可我投资的钱他没法及时拿出来还我，让我当帮忙，拉他一把。我没多想就同意了，因为叔叔当时患有股骨头坏死的毛病，腿脚不方便，另外我也明白，农村赚钱不容易，我回市里还有很多机会，所以欣然接受了叔叔的提议。我爸爸自然高兴我可以帮助他弟弟，可是当时农村的一些亲戚、朋友，很快开始"替我"感到不平衡，总对此事指指点点，可能是看我叔叔有生意做，而且生意还那么赚钱，感到嫉妒了，有意挑拨吧。他们跟我说："你老叔挣老多钱啦！你看他多贪，最后把你踹了。"这些诸如"贪婪""算计""欺负孩子"一类的标签，经由他们贴在了叔叔的身上。当时，我和家人并没有想到这些，只是觉得能帮助到叔叔就很好，每次想到养猪时叔叔跛脚还打扫猪圈清理猪粪的样子，除了心疼，还是心疼。

在我的"女性幸福"主题课上，"贴标签"一直是我帮助学员观察自己、认识自己的重要手段，我和教练配合学员，将他们在生活中扮演的各式角色——女儿、好学生、妻子、爱哭的孩子等——写在A4纸上，但凡是成年的学员，类似的标签定然贴到她整个身体被纸张盖满也不能穷尽。我们和学员一起审视、思考这些标签的意味，发现每一张都让人感觉那么沉重。最后，我们再将它们一张张扯下来，这个撕标签的过程，会让学员如释重负，很多人在这个过程中忍不住哭泣。我敢保证，在这个过程里，你会体验到前所未有的轻松。这些标签是别人的，是别人认为正确的评判，其实和你自己没有什么关系。多少人为了这些标签劳碌，为了让别人一句"你是好人"做了无数自己本不喜欢的事，甚至丢失了自己，失去了幸福。太多人喜欢说长道短，给别人贴上标签，似乎在证明"世人皆醉我独醒"。

我想，我的读者们也可以试着自我观察，你的身上有哪些标签？是何时、被谁贴上的？它对于你的意义是什么？你为它所做的取舍是什么？它们中的哪些，是可以卸下的？如果你可以通过这个方式，卸下自己身上的一系列标签，我敢保证，你会体验到前所未有的感受。

叔叔的饲料生意后来真的做出了名堂，让他成了百万富翁。每次再回去串门，叔叔一家都大张旗鼓地张罗一桌好酒好菜，恐怕他对当年的作为也心怀愧疚。但每次和叔叔重聚，我内心只有一种感受：幸福。因为在我俩的交互中，我从不会往他或我的身上，贴任何没有必要的标签。

发愁的"万元户"

跟叔叔的买卖告一段落，我需要重新调整自己的生活内容，再找新的营生去做。以我当时的家庭条件和社会上的主流观念来看，做全职主妇或许再理想不过，实在待不住，就去帮帮我父亲的忙或找个单位谋份闲职，都可以高枕无忧，不必太过劳顿，可我思来想去，就是无法安于那样的角色。

那一段时间，因为爱人的远行，我心里也常感到空落、寂寞，但前面提到的那种为家而战的斗志反而有增无减，有些夜晚，我思念着爱人，浮想着他的脸，心里总有一个声音冒出来：他远赴重洋，是为我、为女儿，到了那边，身为异乡客，他定然还要经历种种困难，创业成败难卜，却跟我一样承受着思念之苦，那么我也不该总是守着家中这方寸之地，而应做些什么，跟他一起分担。

当然，我选择创业，并不仅是为家庭和爱人分忧，更因一种想要真正独立、自主的冲动。那时候我还没读过什么女性主义的书，坊间也没有流行起相关的理念和讨论，我一介农村出身的年轻女孩儿，更无从深思性别权利等深奥的问题，我想，后来的选择更多是我自身的性格使然。

我开始四处咨询、考察，寻觅做事情的契机，说来也巧，最后是一家饭店吸引了我的注意。

这家饭店在乐群街，叫作金碧大饭店，它系统完备、生意红火，在二道区乃至整个长春市也算得上有名气，原来的老板因事出兑这家饭店，消息灵通的生意人接二连三地过去洽谈，我也去拜访过很多次。里里外外地看了，大抵是满意的。有一阵子，每天一到饭点，我就守在饭店附近，清点进进出出的食客，心里粗略地算了笔账，对它的营业额有了大致的概念。看中金碧大饭店，还因为它"离家近"，这跟流川枫选择湘北高校的动机蛮像。饭店就在我家楼下，出兑前我去那儿吃过饭，菜品味道我很喜欢，如今出兑，我想接手，也算情投意合。于是很快和老板敲定好费用。

二十世纪八十年代前后，国内有个概念叫"万元户"，"万元户"不是什么严谨的学术词汇，它指代"有钱人"，一个账户上拥有一万元的家庭，在当时就算小康之家，丰衣足食不必说，用好电器、穿好衣服也不在话下。

我拥有自己的一万元是二十世纪九十年代初，我二十四岁，也就是孩子出生、爱人出国的这一年。这一万元不比十年前那么让人眼红，但放在人均工资一百五十多块的当时当地，也绝非一笔小数目。我俩的积蓄原本比这更多，不过他因为事业上的需要，拿去了大部分。这一万元若放在别人那儿，只有开心的份儿，可放在我这儿，却惹我发愁：我和饭店老板最终谈下的出兑费用是六万元，好了，另外五万元从哪儿来？饭店底子好、下家多，留给我的时间可不充裕，翻来覆去想了半个晚上，借钱是最有效的解决方案。拿定了主意，总算睡了个安稳觉。

第二天一早，我迅速把自己捯饬好，直奔三姑家，跟她说明了情况。三姑存折上有不少积蓄，也允许我支出借用，她还为我提供了第二套方案：用她的存折去做抵押，向银行贷款。这无疑是上策，即能避免三姑的利息损失，也能为我减轻一些负担。借三姑的光，从银行贷出了三万元，过程算得上顺遂，个中细节无非跟银行交涉，也乏善可陈。

剩下的钱，我跟父亲开了口，他老人家的回应也言简意赅：钱好说，不过，你上面还有两位哥哥、两位嫂子，虽是一家人，但我要是就这么轻易地把几万块交给你，恐怕他们挑礼，咱们定个利息，你还钱时连本带利，咱爷儿俩都不理亏。

我欣然同意。

亲人的支持解了我燃眉之急，父亲的方案也让我受益。我心里明白，从父亲那儿拿的钱，名义上是借，我也一定会如数归还，可是，就算后面我真的出于种种原因还不上这份钱，也不必承担什么要紧的后果，父亲的决策不光借了初出茅庐的我一股强劲的东风，还立下了清晰、合理的规范，避免了家人们心理上潜在的失衡。如果说我真有什么商业天赋，或者什么做领袖的天赋，那无疑是因为有一位这样温柔、慈爱也充满行动力和决策力的父亲在前指引我。

而父亲使我接受到这一切，习得这一切，靠的并非某种刻意训练，而是始终如一的爱。

钱凑够了，饭店的交接也顺理成章。剪彩的那一刻，我的身份在女儿、妻子、妈妈之后，又多了一重：大饭店的女老板，若再为这重身份添加一个副标题，就是：负债六万元，任重道远。好在这位女老板精明、干练，从内到外散发着冲劲儿，誓要将生意做得漂亮、红火。

这重身份和我当时的人格特质相当契合：不甘人后，总是迫切地想要证明自己。后来经历的种种，也足够印证我的这些话，这些经历弥足珍贵，也是我认识自己的重要环节。

"熊妈妈"和"1路"小公共

进货，是饭店开业之初，我执行得最辛苦、也最"冒傻气"的经营动作之一，要说我每次进货都像是去打了一场高强度的体育比赛，可不是玩笑话。今天的我，要是在路上偶遇了当时的我——一个面红耳赤、拖拽着"小山"的小姑娘，恐怕也要为她捏把汗。

说来也怪，明明每次进货的货量都多到我难以承受，可我还是亲力亲为，单刀赴会，从没想过找几位员工替我分担。想来或许是当时的生意太忙碌，身上还背着债务，我的心绪基调也是紧张的、亢奋的，就下意识地忽略了工作中诸多可以省时省力的"聪明办法"。每个早上，看着员工们一大早陆续来了，个个干劲儿十足，在自己的岗位上忙开了，我也迅速进入状态，一心想着快点儿把需要的东西都买回来，却忘了需要买的东西有那么多、那么重，归根结底，还是经验不足。

当时，长春最大的杂货批发市场在光复路，城市里大大小小的各式门店都去光复路进货，我们店也不例外。我们以这条路的名字指代市场，简称为"光复路"。

离光复路不远，是1路公交车的站点，我需乘它回到饭店，然而，就是从市场到站点这么一小段路，别人大步流星几分钟走到头，我却步履蹒跚，像过雪山、爬草地似的一点点蹭出去——两个足够把我身体装进去的大号编织袋，塞满了干果、调料、罐头、器皿，杂七杂八各式货品，看着就像两座小山包，瘦削的我一路生拉硬拽，累到浑身冒汗，气喘吁吁才能挨到公交站点。

这么夸张的负重，要怎么拿呢？只有笨方法：从市场出来，我先把其中一包放在原地，一边频繁地扭头盯着它，不敢多眨一下眼，一边扛着另一包往前走一段，再小跑着折返回去，把后面那一包扯过来，如此反复好多次，到了公交站点，才算告一段落。

少儿故事里讲熊妈妈带着几只熊孩子蹚小河，每次用嘴巴叼着一只先蹚到对岸，再返回去叼下一只，来来回回好几遍，进货的时候，我终于体验到了那只熊妈妈的不易，可我想，相比之下更辛苦的或许还是我，毕竟我没有熊妈妈那么大的力气，而一只小熊也绝不会比我的一大袋子货品更重。

到了站点，就该乘公交了，这也是个大难题！说到这儿，请允许我为大家介绍一下那个年代的公交车，想来正规的历史材料里只会书写它光鲜进步的面貌，断然不会记录我叙述的这一侧面，那真是一道不可多得的旧日景观啊，每每回忆，我都要被它夸张的样子逗得发笑，在这儿写下来，就当博诸位读者开心。

当时，长春的公交车以车辆大小、型号为区别，有"大公共""小公共"之分，1路公交是"小公共"，也是长春市出了名的"侠盗飞车"。长春的中老年朋友们或许记忆犹新，可年轻读者们应该很难想象，那时的"小公共"从设施到管理都很落后，浑身上下透着江湖气，尽显如今刻板印象里的"东北气质"，和"文明有序"不太沾边。

每一站，为了多抢几名乘客、多赶一段路程，"小公共"总是从视线远处飞也似的来，一脚刹车腾起一团灰土，站点候车的乘客，就像粉丝团迎接偶像一样炸开了锅，数不清的人呼呼啦啦地奔着车子往前抢、往里挤，其态势恐怕连今天的北京地铁1号线也难望其项背。乘客如狼似虎，售票员更是彪悍，嘴里一边吆喝着"上上上""快快快""有座、有座、有座"，一边从敞开的车窗里伸出一条胳膊，连拉带拽，像赶鸭子一样把人往车上哄。直到车子塞得满坑满谷，再多一片纸屑也装不下了，折叠车门才"哗啦"一下弹回去。车门没等关严，车子已朝下一站冲锋，车门总得夹着里头哪个乘客的衣角、裤腿，换得声声抱怨，徒留没上去的乘客望车兴叹。

每次坐"小公共",都像亲身体验一回电影里的飙车戏码,怕的倒不是车速快,而是停得着急,走得慌张,来不及上、下车。我想,哪位导演如果肯再拍一拍二十世纪九十年代的长春往事,无论故事是什么题材,但凡他能把我说的这番景象还原到荧幕上,一定能惹得观众惊呼、欢笑。

普通人乘小公共不容易,扛着"小熊"的我就更为难了,手里拿着重物,上车的过程很耽误时间,等到上了车,一个人还要占几个人的地儿,彻底违背了"小公共"争分夺秒、寸土寸金的"基本精神",所以大多司机看着我,只会嫌弃。有时候,要等好几辆车过去了,我才能争得返程的一席之地。偶尔赶上一位心软的司机愿意让我先上车,或者特意下来帮我拿东西,只感到温情无限,心生感动。

回到饭店,"熊妈妈"精疲力竭,独自找个凉快地方消一消汗,看着员工们几人合力把一个袋子抬进去,上称撑一撑重:一百三十斤、一百五十斤、一百八十斤都算轻便的,最夸张的一次:二百四十斤,惊煞众人。大家面面相觑,问我是怎么一个人把这几座小山搬回来的,我的气息还没彻底平复,只好栽歪着身子,报以苦笑。

"张老板,您倒是雇个倒骑驴啊!"员工们劝我,话里有心疼、有不解。我摆摆手,假装无所谓的样子,心里怎会不知道雇个倒骑驴就能省下我大半天的力气、半水盆的汗呢?可是一趟倒骑驴五块钱,我舍不得花。

那段日子,衣食住行,但凡可以算计的地方,我能省一分是一分,只想竭尽全力还清负债。身上背着几万块欠款,心头像压了几万块方砖,实在难过。债主是我的至亲,心情恐怕没有我十分之一的紧迫,可我多一秒钟也不愿多耽误。

我要把钱还清、把店做好、增加储蓄,好好支撑起我的家庭,要与我的女儿和我的爱人重逢。与此同时,我也一日日成就着自己的夙愿,虽然劳心神、耗身体,可仗着年轻,我全不在乎,仿佛一个好觉就能治愈所有内忧外患。

我们的饭店菜品扛打、服务周到、员工上下齐心,加之老板娘如此极端地省吃俭用、亲力亲为,生意一日好似一日,也成了顺理成章的事。

"吃黄了可不怪我"

　　饭店的生意越做越红火，我自然春风得意。老家的亲人、朋友们每次来长春，但凡知会我，我都会邀请他们来饭店好好吃一顿，尽地主之谊。那个年代不比今天，下馆子——尤其是到这种规模的大饭店吃饭还算是件奢侈事，对城市人来说如此，对这些农村亲戚们来说，更如此。

　　亲朋既来了，自然不能亏待，想着他们平日过得大多勤俭、朴素，我就想好好给他们改善一下伙食，解解馋，于是店里的好菜、贵菜、招牌菜，他们平时在家里吃不着的、吃不起的，甚至没见过的，统统给端上去，一盘接一盘、一桌接一桌，到吃饱、吃好为止。

　　看他们吃得有滋有味，我也跟着快活。此番光景，一来二去早就习以为常，没怎么放在心上，直到有一次，我们的厨师大哥按捺不住了，他特意把我拉到一边，煞有介事地说要跟我谈谈。

　　看他满面愁容、欲言又止的样子，我还没察觉他心底藏着什么话，只见他一边"喀喀"两声清了清嗓子，一边下意识地瞄着里面一桌正在大快朵颐的亲戚，终于开口了："张老板，您别怪我多嘴呀，咱这饭店是您的买卖，您慷慨好客也是好事，可是……"

　　"可是什么？"我一头雾水地看着他。

　　"可是您家的亲戚也太多了！这三天两头来一拨，您也是真大方，香酥鸡、大肉饼、大鱼大虾，什么贵让给做什么，菜本恨不得做个遍，我这跟后厨一边炒菜，一边给咱算账，您知道吗？这个月，光您请出去的菜就五千多块钱啦，成本也要三千多，这么下去，咱这店哪还撑得住哇？"

听厨师大哥这么一说，我竟"噗嗤"一声笑出来了。说实话，我有点儿惊讶，我这人向来以精明著称，又是管账出身，可是招待亲戚的这笔账，我断然没有算过，更没有意识到居然开销这么大。

这段插曲似乎反映出我对钱的另一种观念，我打小对钱敏感，想赚钱，且会赚钱，可是一旦赚到了钱，我却很少再为财所累，觉得哪里必要，就把钱利利索索地花在哪里，事做成了、做好了便遂了心愿，少有不舍跟算计。

那一刻，厨师大哥的话惹我发笑，我既笑他紧张兮兮忧心的模样，也笑自己作为一个老板、一个买卖人慷慨中透出的糊涂——似是某种"失职"。

还没想好怎么回复厨师大哥，他倒先急匆匆地补充了一句："反正……反正您心里有数就行，张老板，我就是想说，回头您看账的时候，要真亏了本，可别寻思我没好好炒菜呀，那都是让你们家人给吃的！"

厨师大哥语毕，我笑得更开心了。原来这才是他这次谈话的主旨！恐怕直到今天，他也不是十分理解，我那会儿到底在笑什么劲儿呢。说起来，厨师大哥是个很有意思的人，他厨艺精湛，在饭店掌勺的几年，也算立下汗马功劳。我跟他之间还有些趣闻轶事，留待后面讲给大家听。

做饭店不光有苦、有乐，也有回想起来让我感到有点儿后怕的事。比如跟那一带远近闻名的流氓"虎哥"的对峙。

智斗"虎哥"

饭店火了，来的食客也形形色色，有头有脸的正经人有，过来耀武扬威、占便宜的小混混也不少，我这人吃软不吃硬，若真有困难，需要帮助，我愿意让你在我这儿吃饱喝足，但你要想强取豪夺，我绝对寸步不让，想尽办法反制。

一次，几个年轻小伙儿过来吃饭，打他们进门，我就看出了他们的不安分，走路摇头晃脑，说话吆五喝六，很惹眼。半个小时光景，几个人吃饱喝足了，就开始搞动作，他们把服务员叫过去，说是菜里有苍蝇。

有苍蝇怎么吃完了才发现呢？光听着都知道有猫腻。何况吧台后身就是一大面镜子，我在吧台里边坐着，早就看见他们鬼鬼祟祟耍花样的过程了。眼见服务员应付不了了，我就特意点了支烟，吊儿郎当地朝那边儿晃过去了，我平时不抽烟，走路也不这样，这架势就是特意摆给他们看的。走过去一瞧：那只苍蝇就在盘子底儿仰躺着，菜都没两口了，它还干干净净地在那儿蹬腿呢。

"这菜在锅里爆炒几分钟，砸也给它砸死了，它咋还这么精神？"我指着苍蝇问他们，歪着嘴笑。

听我这么说，他们心虚了，就装横，斜楞着眼睛问我说："那你啥意思，我们现往里放的呗？"

"我没啥意思，就是陈述事实。"

"别扯没用的，打几折吧？"

"打折？没这规矩，你们把单买了走人，下回见面一样好好招待你们，跟我扯没用的，今天谁也别出这屋。"

几个人看我逻辑清晰，态度强硬，反倒软下来了，其中一个小伙子起身圆场："那啥姐，你别生气。"他一边说，一边掏钱把单买了，我也没再计较，苍蝇危机就算解除了。

我刚回身走了没几步，就又听"咣当"一声，回头看，一个啤酒瓶子摔在了地上，明摆着是先前跟我要横的那家伙故意摔的，装大爷未遂丢了面子，临走就想搞搞破坏，扳回一局。

"啥意思？砸场子？"

"不是姐，不故意的。"又是那个态度好的小伙儿圆场。

那时的我最讨厌这种扭扭捏捏、背地使坏的，当下就火了："不故意的？故不故意，摔了东西也得赔呀。你当我这么大买卖跟你过家家呢？毛没长齐呢，上我这儿吃霸王餐。赶紧赔钱走人。"

我也说不清脑袋里怎么组织了这么一套话术，总之听我这么一说，那几个小伙子顿时全都把脑袋耷拉下来了，恭恭敬敬地过来把酒瓶的钱付了，一声没吭地走了。

类似的事偶有发生，好在大多是些没什么真本事的小年轻，你只要挺直腰板据理力争，他们大多不敢动真格的。可那之后，我遭遇的一位"江湖客"，就没那么简单了。他就是这段故事的主角：虎哥。

虎哥是我做饭店的几年里最难对付的对手。

这人面相看起来不凶，一米八十多的个头儿，皮肤白净，浓眉大眼，看不出是什么角色。可他头一次来吃饭，就给了我个下马威。那天他跟几个兄弟酒过三巡，聊出了兴致，身上的"匪气"也暴露出来了，路过他们包房的时候，我看见了他们对话的场景，众小弟目不转睛地盯着他高谈阔论，似乎非常崇拜他。

一桌子好菜吃完了，虎哥竟直接把我喊进包房，他开门见山地说："你是老板啊？行，那啥，我今天出门没带钱，反正我家就在你们后院，你要钱呢，就自己上我家拿去。"说完就大摇大摆地带着他的兄弟们走了。

第一次面对这种人、这番场景，我蒙了，也怕，此前早知道后院有这么一伙"道儿上"人，今天一听，对上号了，就是他们。

怕归怕，可该算的账得算，让他这样的人欺负一次，他只会变本加厉地打压你。如此想着，我下定了决心，当天打烊以后，就叫了两个服务员陪我去闯虎穴了。

从饭店出发没几分钟，就到了虎哥家。我正想怎么进这个门，开这个口，一个漂亮女人却从屋里迎了出来。

看见她，我心里就有了打算。

"您是嫂子吧？我是金碧饭店的，来找虎哥的。"我故作妩媚地说。

那女人听完，问我说："他又赊账了是不是？"说完转头就去屋里叫虎哥。

我看她往回走，就顺势敞开了嗓门儿，说："嫂子！我可不是来要账的啊，虎哥来吃饭时跟我说了，离这么近，让我没事儿上家里玩儿来。"

花枝招展的大姑娘往有家室的男人门口一站，说这样含混暧昧的话，几个人解释得清楚？听完我的话，虎哥和他爱人几乎是一齐从屋里冲了出来，虎哥手里攥着一沓现金，没好气地塞给了我，"你说什么呢，拿钱赶紧走。"

他爱人更是气不打一处来，可没分辨出事情原委，也只好对着虎哥发火："你是不是有病，以后身上没钱，就别到处瞎晃悠给我丢脸！"

听完他俩的对话，我立刻对他们家庭的权力结构有了数，就开玩笑说："哎呀，都知道虎哥您是威风凛凛的大老虎，没想到您家里还有个武松呢！"

这话不光逗笑了虎哥的爱人，更把他那一屋子的人逗得捧腹，现场的气氛一下变得和谐起来。唯独虎哥的脸红了一片。我见是时候收场了，就带着服务员灰溜溜地走了，跟虎哥的第一次对峙，算是不上不下打了个平手。

一朝没压住我，虎哥满心不甘，想方设法要找回场子。

一天早上，虎哥又对我发难了。只见他手里拿着一大捆菠菜闯进来，径直走向吧台，仿佛不认识我似的，凶巴巴地把菠菜往吧台上一摔，说："让后厨把这菜给我做了！"

我看了他一眼，态度软糯，话却坚决："哎呀，虎哥来啦。你想吃啥看菜单就行，我给你个折扣，你这菠菜我可做不了。"

虎哥看强硬的态度吓不住我，就直截了当地威胁起我来，说："张老板，最后问你一遍，能不能做。做不了，今天晚上你家那一排落地窗，要是少碎一扇，都算我没能耐。"

我还是夹枪带棒，讽刺他说："那行啊虎哥，你有这雅兴你就砸呗。你这好几条街的扛把子，想欺负我这么个小女孩儿，我哪有能耐招架呀？"

虎哥嘴上斗不过我，干脆负气走掉，那捆绿油油的菠菜也忘了拿。

见他出了饭店大门，我才舒了口气，其实我挺怕他跟我来硬的，可除了在话语上跟他周旋，实在想不到什么好办法应付。我马上向自己的保护神——我父亲求助，在电话里跟父亲说了事情原委，父亲听了，还是笑呵呵的，不急不缓地说他有办法，让我稍等片刻。

那天中午，我被饭店门外的鸣笛声唤了出去，才一迈出门，眼前的景象把我惊呆了：几个工人拉着一卡车的防护铁板严阵以待，是父亲从工厂指派过来的。我当下会意了父亲的"办法"，指挥工人搬运、安装，把饭店前前后后所有的落地窗都上了一道防护。没等天黑，金碧饭店就全副武装，成了一座固若金汤的地堡。

有了父亲撑腰，我心里的安全感和斗志更旺盛了，前面两次交锋，不过勉强没有败下阵来，现在我不光要不败，还要赢他一头。我料定他这次破坏搞不成，可能要来更硬的招数——说不定要叫上几个大汉狠狠揍我一顿，但我决不能受他欺负，于是，就在那天打烊之前，我特意叮嘱平时在店里住宿的服务员，说一旦虎哥再来，咱们就把后厨能用的家伙什儿都给我抄出来，给他亮个相。念他不敢轻易动手，但他要是动了，咱们一定不能吃亏，用钝器往他不要紧的地方打，疼他个嗷嗷叫。

当时，店里的后厨和服务员加起来十几个人，大多是年轻男生，在我的战斗动员之下，一个个也都跟着紧张、兴奋起来，那之后的一段时间，白天上班、晚上打烊，我们都严阵以待，随时准备着那场"大厮杀"。

终于，一个晚上，虎哥熟悉的身影再次出现在酒店大堂，我的心提到了嗓子眼儿，还没等他动作，我就大手一挥，号令三军，一瞬间，厨房、包房、前厅、门口的服务员全都小跑着聚了过来，拿马勺的、拿抹布的、拿磨刀棒的、拿菜板子的，给虎哥来了个大包围。

我永远记得虎哥当时的表情，他先是在原地愣了一会儿，然后环顾了我的"御林军"，一会儿撇嘴，一会儿瞪眼，接着"哈哈"地笑个没完，"张老板，什么意思？"

我还处在紧张的战斗状态，情绪正旺盛，冲他宣誓："你给姑奶奶记住了，我这买卖只有我自己干黄的份儿，绝不会让你欺负黄了！"

虎哥再次用他爽朗的笑声打破了紧张的氛围，"张老板，我来吃饭的，菜能不能炒哇？"

虎哥这么一说，一屋子的人全都泄了气，警报解除了，大家就匆匆回到各自的岗位，给他炒菜做饭去了。

经过这一次，我和虎哥之间的冲突缓和了不少。他大概是被我软硬不吃的态度搞累了，或是念在我这个小女孩儿的份上，不愿再和我计较。总之，那几年的治安环境远没有现在好，附近大大小小的商户，也偶有打架、斗殴的事发生，可我的金碧饭店一直和平如初。

跟虎哥真正意义上的和解，还要感谢当地公安局的一位熟人朋友，他跟我和虎哥都有交情，在他的调解下，我跟虎哥都放下了对彼此的敌意，在后来的日子里慢慢处成了朋友。赶上过年歇业，我和工作人员回家操办过年的事，有时还要劳烦虎哥跟他的兄弟们帮我照看饭店。有了这位好友坐镇，金碧饭店从此没再遭遇什么豪横角色，想来这里的和平，跟虎哥一干人也有关系吧。

一件珠衫

　　这些故事，发生在我经营饭店几年中的不同时段，我把它们摘取出来，试着勾勒一个尽可能立体的有关"张老板"和那段时光的图像。那段时间，无论大人物、社会精英，还是普通食客，或如虎哥这样的"社会人"，我都不卑不亢地应对，尽量以礼相待，以笑脸相迎，从不将他们分成三六九等。但若有人敢越雷池半步，我也绝不退让、服软，趋炎附势。那时的我大概就是这样一个女人，有小智慧，有行动力，有使不完的干劲儿和凡事想争第一的好胜心。迫切地想从原生家庭中独立出来，为了自己的小家艰苦跋涉，爱人不在身边，我踽踽独行，在孤独和劳累中享受一份成功的甜美。饭店的生意始终红火，我也算实实在在挨了大累，拼了几年的命，我用最初的十个月还清了那六万元的债，后来还靠这份买卖购置了自己的房子，终于有了一个靠自己拼搏来的容身之所。

　　债还清以后，我仿佛从樊笼中解放的鸟儿，顿感浑身轻盈，我抽空去做了一件事：到长春最大的商场，把一件时价八百多块的衣服买了下来。那是一件"珠衫"——顾名思义，衣服上点缀着错落有致的珠球，是当时流行的款式，现在看来颇有些张扬。而我看中的，或许恰恰就是它这份张扬气质。

　　我家境殷实，吃穿用度都不缺乏，名牌服装同样唾手可得，可是这件衣服还是让我惦记了好久，因为它不光舒适好看，其中那份张扬更契合了我赋予它的象征意义：第一次在商场里看见它的时候，我就暗下决心，等我还清了债，拿到经营饭店的第一份收入，我就以这件衣服作为奖励、作为见证，纪念我的第一桶金，也纪念我这一年的创业经历。穿上它，我不为别人的艳羡和夸赞，只为适配自己当时的心境。在镜前转转身、伸伸手，衣服上面的珠子透出淡雅的光泽，仿佛自己年轻的意志也在闪光，一份自豪跟富足的感受就涌上心头。

如今将近三十年过去了，这件"珠衫"仍然留在我的衣橱里，我已没有穿它的机会，却还是把它打理得干净板正，像一张可以穿在身上的奖状，也像一身华丽的软甲，它象征着一个斗志十足的我，也象征着一段艰难坎坷却充满力量感的岁月。

作家余华在他的著作《活着》中写过一段话，如是："永远不要相信苦难是值得的，苦难就是苦难，苦难不会带来成功，苦难不值得追求，磨炼意志是因为苦难无法躲开。"这番话被今天的年轻人奉若圭臬，网络上，它被无数人转载、解读，将它作为反抗别有用心者洗脑、画饼的有力武器，说得多了，似乎大有颠覆老话所谓"吃亏是福"这一价值观的势头，仿佛人生只有甘甜、欢愉才是理所应当的常态。

其实每每读到这段话，看到它引发的探讨，我还是有点儿不置可否。因为我知道，苦难终究是每段生命历程必经的一环，而如何定义苦难，如何认定苦难之所以为苦难，向来没有唯一的标准，它往往因人而异，对于一些涉世未深的毕业生来说，上司的一次责骂、同事的一次刁难，或许是苦难，可对于混迹职场多年的"老江湖"们来讲，这不过稀松平常，大可付之一笑、心无挂碍。

如此说来，对苦难最好的解释，大概是：凡超过自己当下的能力可以承受的经验、感受，皆是苦难。

我此生的经历，跟余华笔下的富贵相比，不知孰苦孰甜，我经历的苦难，跟今天"内卷"久矣的晚辈们的苦难相比，或也因为性质跟环境的迥异而缺乏可比性，所以我不敢妄自评判吃亏是福还是祸，而我对"苦难"的看法大概是这样的：苦难本身是客观的、中立的，每当苦难发生，人都需要拿出策略应对、克服，而一旦人战胜了苦难，苦难也就不再是苦难。最后对它憎恨也好、感激也罢，不过是一种修辞。如果非要感谢什么，就感谢那个苦难中没有倒下的自己，感谢那个迎难而上、没有气馁的自己，也感谢那些在苦难中愿意向你伸出援手的人。

　　如哲学家尼采所言："凡杀不死我的，终使我更强大。"而强大不仅限于权力的壮大、体力的提升，更在内心的富足和安定。我亲爱的读者们，如果非要谢，就谢那个在苦难中正在变得强大且一定会越来越强大的自己吧，拍拍他、抱抱他，对他说一声："辛苦了，你真不赖！"

第四章

与魔共舞

噩耗降临

二十四岁那年，我迎来了一项重大的生命挑战。

一切来得毫无征兆，那几天，我感到嗓子不适，嘴里好像含着一口吐不出的痰。往常觉睡不好、话讲太多，也有过类似的事，以为不过上火一类的小问题，没有挂心。几天后，嗓子还是不见好转，吞咽时喉咙很疼，声音也像变了个人，粗而哑，我才想到去附近的医院检查。

那家医院里的大夫许多是我饭店的食客，接诊的那位跟我私交尤其好，就直接把我带到科室进行检查。大夫经验丰富，我也十分信得过他，他轻车熟路地看了一遍后，说："不是大事儿，小手术就能痊愈。"

手术台上，刚刚注射过麻药的我还思量着饭店的事，只想着手术快点儿结束，快点儿回店里操忙。那几年我睁眼饭店，闭眼饭店，此外几乎没有精力想别的。后来晕晕乎乎地睡去，不知睡了多久，蒙眬中听见交谈声："感觉不太好，好像是恶性的。"我努力睁开眼，看见那位医生朋友正和另一位医生小声说话，可麻醉的劲儿还没过，我一时没办法分辨这番话的意味，很快就把它忘到九霄云外去了。手术以后，那位医生满面春风，安慰我说"没有大碍"，我也就彻底放心了。

跟他寒暄了几句后，我正要转身离开，他却又一把拽住我，语气里多了几分凝重："金辉啊，我跟你爸爸也认识这么久了，跟老爷子见过几面，就是没机会坐下来好好说话，最近要是方便，安排我跟老爷子喝顿酒，你看好不好？"

那有什么不好？我爽快答应，完全没能领会他隐晦的表达，权当是一次平常的聚餐，当晚我就向父亲转达了他的邀约。

那之后的几日，我、父亲、大夫三人在我的饭店如约相会，我照例让厨师做了最好的菜。席间，医生和父亲聊得畅快，我却不得不一会儿一趟，忙叨叨地照顾别桌客人。如此抬了几回屁股，再回去时发现大夫已经走了，剩父亲一个人独酌。我诧异，问父亲："这菜都没怎么动，就吃好了？"

父亲岔开我的话，把一份病例报告递给我，轻描淡写地说："金辉，你那病啊，大夫跟我说了，他说情况可能比那天预想得严重一点点，说是……'疑似癌症'。"

"癌症？"我不敢相信自己的耳朵。

"疑似，疑似嘛，应该不能！"父亲试图安抚我，"反正你明天再去一趟总部医院，做个放疗，预防一下，这样就万无一失了。"

我听得出父亲话语里的含糊遮掩，可那时我连什么是"放疗"都不清楚，一时没有意识到事情的严重性。或许我对自己的身体状况太自信，也或许我所有的心思都集中在饭店的琐事上，听到"疑似癌症"的当下惶恐不已，可没一会儿，就又把这事儿抛到了脑后。晚上睡得也香甜，如今想想，真是傻得可以。

隔天一早，我在医大一院总部做了相关检查，总部大夫把病例颠来倒去看了几遍，直咂巴嘴："孩子，你这病例报告不对劲儿。"

"怎么不对？"

"什么'疑似癌症'啊，你这就是癌症！"

我慌了神，当即给父亲打电话询问情况。电话里，父亲那边还是支支吾吾，想要隐瞒，见他这副模样，我心里已经有了答案。

"爸。"我深深地吸了口气，叫了父亲一声。

父亲不作声了。

"爸，瞒着没意义，你说吧。"

父亲带着哭腔，一字一顿地说，"姑娘，确实是癌。"

父亲叽里咕噜说了一大堆安慰的话，可我一个字没有听进去。那几分钟，我的意识好像停顿了，等稍稍缓过神的时候，便迫不及待地想要往家奔，却怎么也找不到医院的出口，像个无头苍蝇似的转了不知多少圈，把同一条走廊走了好几遍，前后问了两三个人，终于晃悠着走出了医院。那天的天气格外好，额头触及阳光的时候，我只感到一阵晕眩。

回到家，父亲对我说，之前那位大夫在手术的时候就发现我的真实情况了，为了给我一个缓冲的时间，他特意提前准备了两份病例报告，真的那份写着"确诊癌症"，是为告知我父亲；假的那份写着"疑似癌症"，是专门为我准备的。

我感激这位大夫的用心。可是，这对得知真相的我来说，已经全无作用。

遥远的爱

生病初期，爱人还在国外未归，那时的越洋电话价格昂贵，一分钟将近二十元人民币，平时我们主要靠通信往来。

书信每周一封，浓缩着我俩的情思与重要的生活记忆，爱人的笔迹漂亮，文辞也工整、诚恳，个中爱意无限，每次收到他的信，我的欢欣都是难以按捺的，没等拆信，心里的涟漪已经荡漾了多少圈。拆信的动作都是小心翼翼的，信也要读上好多遍，仿佛多读一遍，就在心里多看了他一眼，信件的内容时而惹得我脸上笑盈盈，时而惹得我心里酸溜溜。读罢一封，就迫不及待地去写回信，伏在案头时，写字的手好似也被他握着，那样温暖。隔日将信寄出去，就感叹日子过得真慢，热切地盼着下一封信的到来。有些信，因为读了太多遍，近乎可以背诵下来，上学读书的时候，也从没对任何文本如此用过心。

这些信我一直留着，一晃三十年，拿出来阅读的频率一年比一年低，说不上是什么原因。或许那些字早就因为太过熟悉，尽数化在了心里，成了我的一部分，如同身体发肤，如非特意观察，已经很难意识到它们的存在。

突如其来的疾病让我的心情极端压抑、烦乱，终日在茫然和苦痛之中徘徊，如暴风中失去航向和动力的危船。最初，为了不给爱人增加压力，我一直试图对他隐瞒实际情况，可不谈实际情况，又能说些什么呢？特殊的身体状况带来的是特殊的心境，话语间哪还有往日那么浓烈深沉的情致，亦无力编造谎言用作话家常的养料，书信的文字量骤减，偶尔通一次电话，我也支支吾吾、心不在焉，想来他早察觉到我的变化，身在万里之外的他一定被疑虑跟忧心折磨了很久。

我隐瞒他，本是为他做考虑，可后来想一想，那种来自新婚爱人的昭然若揭的冷淡跟疏远，换作是我，我真不知道如何承受、开解。庆幸的是，虽然他的视角里，我的变化突然而怪异，但他丝毫没往别处想，那时的他跟我一样自信，他坚信不是我们的感情出了问题，而是我出了问题。

那时，我的嗓音已经发生了变化，昔日清亮的声线变得低沉、沙哑，再通话时，我只好把一切都往"感冒上火"上推——就像我手术前自以为的那样，可是随着嗓音的变化越发显著，我的谎言也不攻自破。

那次，爱人直接把电话打给我的父亲，他义正词严地说："我是张金辉的丈夫，我有权知道真相！"

听了他的话，父亲绷不住了，他实在无法在女婿如此有力的话语前说谎，只好将真相和盘托出。电话那头的爱人哽咽了，电话这端的我也哭了，伤感的同时，心里却轻松了些许。爱人的牵挂虽没能令病痛减缓，却让我感到自己被强烈的爱意包裹着。

原来，万难之中的坦诚相待如此重要。

那之后的日子里，爱人近乎日日去教堂祷告，这是他唯一能为我做的事。思虑深重时，他一连三四天睡不着，身子也日渐消瘦下去，白天的工作、事务已够繁重，我患病的噩耗更让他感到重负难堪，身心两方面的高压让他做了病，此后的人生里，但凡出现让他心焦的紧急事件，他一定失眠、头痛好一阵子，这种情况在得知我生病以前，是一次都没有过的。

陌生的自己

癌症使我承受最多的，是心理层面的煎熬。

确诊以后，我接受了一个疗程的放射性治疗。放射性治疗的当下，患者并不痛苦，每次治疗也不过七八分钟而已。可是它的"后劲儿"很大。患病前，我有一头人人羡慕的长发，厚且密，放疗以后，它们日渐稀疏下去，越掉越快、越掉越多，直到头皮外露。

再好看的女孩儿也得让它揪成"裘千仞"，这就是放疗的影响之一。

那段时间，每次照镜子，我都能感到头上那缕缕青丝的萎靡和脆弱，每过几日，它们就薄一层，我像是看着一片栽培了二十年的密林无可救药地枯成荒野似的，除了看着，还是只能看着。扫地时我不敢直视地面，因为不忍去看艳丽的粉色地砖上那些突兀的黑色，这儿一小团，那儿一小簇，刚把眼前那片扫干净，一转头，七零八落又出现好多，头皮上的毛囊没有一刻不在抛弃着它的烦恼丝。

除了脱发，口服激素类药物还导致我身体逐渐发胖，那是我一生中第一次经历肥胖，脸盘一日大似一日，身体一天胀似一圈，我近乎要认不出眼前这个圆墩墩的女人，就是远近闻名的饭店大老板，张家尊贵的千金小姐张金辉。

那阵子，从小养尊处优的我第一次感到深深的自卑，我的头发、样貌和身体，是我二十几年生命不断延续发展的见证和结果，也是我自我认同感的重要组成部分，我如此熟悉它们、喜欢它们，从来没有想象过它们脱落或变得臃肿时的模样，如今，它们在短时间内发生了这么大的变化，仿佛我换了另一个躯壳，一个我不再熟悉、不再喜欢的病态的躯壳。我都不敢抬眼跟每一个前来探望我的人对视，生怕从他们的眼神中看出任何一丝讶异、怜惜或嫌弃。

家人和朋友们没少陪伴我，可我内心的孤独感无法消解，我的身体好像被罩上了一层看不见的纱帘，把我跟眼前活色生香的世界隔开，让旁人能近我的身，却不能解我的忧；让他们能逗我几分钟开怀，却无法体会我每个深夜反复挣扎于震惊、失落、自卑里的复杂体会。

饭店的忙碌没有减少半分，白天我要硬挺着拿出最好的状态，台前台后杀伐决断，佯装振作，行走、说笑、接待顾客都要提着一口气。这饭店是我的阵地，我是当家的，只要还能喘气，就必须精神抖擞、挺胸抬头，我不能让我的"兵"跟着我忧心、丧气。待到夜幕降临时，卷帘门哗啦啦地落下，众人各自散去，我才把提着的那口气放下来，整个身体也松下来，恨不能在空旷的门市前直接躺下，睡过去。

我太累了，实在太累了。可我不知要对谁说，也不知说了有什么用。

我无比思念我的爱人，怨他不能从万里之外一个跟头翻到我身边来，给我一个绵长的拥抱，害我独自熬过每次日月交替；晚上哄女儿入睡时，我也会幻想，有没有一种方法可以让几岁的她——我的至亲，我唯一的骨肉——在一瞬间长到和我一般大，做一个时刻伴我身旁、替我分忧的伙伴？如此我也能见证她顺利长大的模样，要是癌症真的夺走我的性命，我就不必再过多担心她了……想到这些，悲伤不能自抑，瞪着眼睛忍住眼泪，确认女儿已经沉沉睡去，我便去到别的房间，在黑暗里啜泣。

我想在所有人面前捂住我心里盛满的难过，可它每次都会自己溢出来。

雨夜惊魂

一个晚上，女儿已经睡熟，我心中抑郁难耐，迫切地想要出门透透气。前脚才跨出单元门，细雨就跟着从天穹中坠了下来。走出小区，我看见街上的行人步履匆匆，全在寻找避雨处，不一会儿就纷纷隐入夜色，宽阔的街道上近乎只剩我一人。

二十世纪九十年代的长春，机动车数量不多，夜间营业的场所也十分有限，每到晚上，户外的安静和空旷是今天的长春远远不可比拟的。穿过马路的时候，只有霓虹和路灯亮着，鲜有人影和声响，雨水加剧了这份寂寥，我的心情却因此变得舒朗起来。此情此景，让我有种一人独居天壤间的错觉。

如果真的是那样就好了，如果整个地球上真的只剩下我一人就好了，那样的话，生亦何哀，死亦何惧呢？

以前我大概不会在这个时间独自外出，可现在，对于夜行的担忧早就被身上的癌症压下去，根本不值一提了。迈入不远处的劳动公园，看见四下无人，我完全没有感到害怕，我甚至加快脚步朝更隐蔽的树林踱过去，我太想跟这个细雨绵绵的晚上多相处一会儿。穿过树林，来到公园的人工湖旁，我在岸边蹲下来，就着微弱的光痴痴地看雨水坠在湖面上，看那些涟漪一轮轮、一圈圈，各自灭活，就像世人的生离死别一般。

这会儿，刚才的舒朗又转成了伤感，对疾病的恐惧、对外形的担忧、对爱人的思念、对父母的愧疚和无法放松的工作带来的压力，只有在这无人的夜色中才敢发泄出来，我痛快地哭起来，湖水仿佛也召唤我泪腺中的眼泪，让它们尽数流出，归入自然，于是眼泪淌得更多、更快了，说不定，我也很快就要归于尘土呢！我心里想着，干脆把伞撇下，让整个身体暴露在雨中，仰面朝天，舒展双臂，迎接这自然的洗礼。可就在我抬头时，我恍然看到不远的湖对岸也站着一个人。月色朦胧，我看不清他的长相，但大致可以通过他的体形确定，那是一个男人，那个男人也如我一样站在原地，好像正朝我这边看着。跟他隔水对站了半天，我才后知后觉地打了个冷战，拿起伞就往门口的方向跑，快步走了一会儿，再回头看时，那人影却不见了。

我无暇细想，只顾着往前走，终于走到公园门口，借着了门口路灯的亮，一个人竟从我身后抄过来，把我拦下了。我认得出，是刚才那个男人。

"老妹儿，这么晚自己呀？"他栽歪着肩膀，嘴巴微张，用舌尖舔着上牙根。

我没作声。

"失恋了？"他又看了我半天，轻佻地说："跟我玩玩儿呗？"

不知道为什么，确认了这人不是鬼魂而是个流氓以后，我反倒不怕了，即便他比我高了一头，壮了两圈，离我如此近，酒气熏天，可我什么感觉都没有，仿佛他是个稻草人。

"哑巴？"他又问。

我感到深深的不屑和无聊，于是看向他，目不转睛地跟他对视，一言不发，身体也一动不动，四周只剩雨声。然后，我看见他的表情从松垮转向紧张，那副浑不凛的模样收敛起来，变得有点儿不知所措，我继续看他，好像连眨眼也没眨过，他的眼神开始闪躲，身体朝后微微倾了一下，"靠！哑巴！"他说这话时破音了，像只受惊的猴子，盯着我往后退了几步，竟转身跑了。

他在害怕什么呢？他从我的眼睛里看见的又是什么呢？空洞？绝望？哀怨？他此前是否也见过一个独自夜行的女人，面对他的骚扰一言不发、不动如山、眼光如刀的样子呢？

或许他要感谢劳动公园门口的路灯吧，如果没有那仅存的亮光，他大概分不清这样一个浑身散发着冰冷气息的我是人是鬼吧？

那段日子，我独处时的气质大概就是那样了。

这次夜行也让我爱上了淋雨，从那以后，但凡雨势不那么猛烈，我都喜欢毫不遮蔽地在雨中行走。我说不好那是一种什么感觉，也说不好自己为什么喜欢这样。或许因为雨水是在我内心最压抑的日子里，唯一可以让我毫不保留地敞开心扉的存在吧。

淋巴转移

生病前的一段时间，我每天早上起来都感到鼻子发痒，要一连打上几个喷嚏才能恢复正常的感觉，有时还会无缘无故地流鼻涕。可我从来没在意过。直到后面学了营养学，才知道那也是我的身体给我的预警，其实这是免疫系统出现了问题的征兆，只是还没有上升到疾病的程度。说到这里，我更迫切地想跟读者们分享"爱自己"的理念，爱自己的第一个层面，就是要爱护自己的身体，身体变化是尤其需要关注的事，如果你不注意它掀起的一片水花，接踵而至的很可能是惊涛骇浪。

生病前，我的身体素质很好，精力也比常人旺盛，就连感冒、发烧都是少数，常常晚睡早起，无止无休地工作、工作、工作。得病后的我再回想那段本来不远的时光，真是恍如隔世，因为我很难再体验到那种满身是劲儿的感受了。

病痛让我的身体日渐虚弱下去，人是宽了一大圈，体质体能却完全不像个"壮女人"。路走不了一里地，腿脚就开始发酸，回家爬三层楼梯，要扶着走廊墙壁歇上两次，那个过去在饭店里大步流星、声韵悠长的女老板也忙活不起来了、吆喝不起来了，她只想这儿瘫一下，那儿坐一会儿。除我之外，所有人都显得那么有活力，他们的步伐那么快，动作那么轻盈，从我的视角看，周围的一切都像倍速视频似的，没有人愿意多等我一会儿。

如此挨到了第二年，我的病情发生了新的变化：癌症转移到了淋巴。转移是在一次复诊时被发现的，发现时已是晚期。收到这个消息后，一家人连表达震惊的工夫都没有，而是直接奔着当时医疗条件最好的上海进发，一秒钟都不敢多耽误。

当时，上海的医院人满为患，求不到一个住院床位。我们一家人生地不熟，没有照应，想花钱求人都不知该找谁。人只有在那样的时刻，才知道钱财最大的局限：钱是一种只在特定语境和特定法则中生效的妙药，置换它和握持它的前提都是健康，一旦健康崩坏，纵使金山银山，也不过土包沙丘。

那几天，焦虑和恐惧缠绕着我，我感觉死亡就像一把被细绳牵着的闸刀，悬在我的头顶，随时可能降临。在上海的街道上穿行，我总是不自觉地痴痴望着路边的风景，这种时候，就连路旁的野花跟矮树都显得那么珍奇，扛着扁担吆喝的小贩，他的吆喝声怎么那么透亮、那么婉转呢。每当跟路人擦身，我都能嗅到他们身上勃勃的生机——那是我没有的——我想象着每个经过的路人，他们都要去向各自的目的地，那或许是一座商场，一所学校，也可能是一间弄堂或灯红酒绿的外滩，他们还会去这些地方无数次；而我只能去向被消毒水味充斥的医院，再去那里无数次，或者只是……一次、两次。我想象着他们和情人约会，和好友谈天，在干净的街道上遛狗，在宽敞的草坪上奔跑……啊，人间真好，可我就要去了。

后来，我们通过各种关系、各种办法总算找到了住院的地方。

手术前一天，爸爸陪我找了个高档馆子吃晚餐，想要图个好兆头。在餐厅坐下来，点了一桌好菜，可我一片菜叶都咽不下去，强夹一点儿送进嘴里，味同嚼蜡，毫无吞咽的欲望，终于知道什么叫茶饭不思。

病在我身，疼在父母心，我和父母无法将彼此的感受彻底联通，但我们每次眼神交汇时，那份可怜、那份忧郁、那份灰暗都会灌到彼此的心里。父亲的杯中斟满了酒，他虽是好酒之人，可我从没见过他那样仿佛不受控制地一杯接着一杯地往嘴巴里灌，脖子扬得老高，一口把酒饮尽，泪水顺着他的双颊滚落，本来我还没那么难过，可看见他这副样子，我也忍不住跟着掉眼泪，那两年我究竟流了多少泪呀。

第二天，手术开始前，医生交代了这次手术的风险：最坏的结果无非直接死亡，稍微幸运的结果是变成植物人，或者失声。没有一个结果是我消化得了的，我想与其承担那样的结果，那我宁可不做手术，哪怕日子所剩无几，我也想以一个尽量趋近正常人的状态过到最后一天。

可我没有勇气把这些话讲出来，讲了也无济于事吧？我陷入深深的迷茫跟恐惧之中。如果不做手术会死，做了又不得好活，那做不做，差别真的很大吗？像正常人一样生还的希望在哪儿？死，还则罢了，要是失声了，我怎么办？变成植物人了，我怎么办？变成植物人以后，我还能感受到周围的事物吗？是不是我还会有感觉，只是我不能动了？那得多痛苦啊，我不要，那样一动不动地躺上一辈子，跟被拘在伸不开手脚的笼子里有什么分别……那样过一辈子，我不要。

可是箭在弦上，手术室的准备通知已经在叫我的名字了，我要过去告诉他们我反悔了吗？爸爸会同意我这样做吗？要么……我直接撒腿就跑，能跑多远跑多远，藏到一个没人能找到的地方，不再跟任何人联络，然后默默死去……

早上七点钟，我写好遗嘱，又在厚厚的一沓文件上签好了字，上了手术台。父亲红肿的双眼是麻药彻底作用前，我脑海里留下的唯一一幅图像，我似乎是盯着那双眼睛进入麻醉状态的，我感觉那双眼睛里面随时有泪，不，是有血会滴下来，滴在我的脸颊上、鼻尖上，我不敢再看，可闭上眼，那双眼睛却还在。

清醒时，我头晕目眩、浑身无力，气若游丝地问了时间，知道已经下午五点了。

"姑娘，姑娘？"是父亲的声音，我努力睁开眼，又看见了那双眼睛，却比刚刚更红、更肿了，我的刚刚，是他和母亲的九个小时，我不知道他们是怎样熬过来的。

"爸……"我答应了一声，就又睡过去了。

这次手术是顺利的，不光保住了性命，也没让我失声或变成植物人。但它给我的身心内外带来了十分大的影响。

不完美的我

手术前，我的脖颈称得上漂亮，长而白皙，是人人羡慕的"天鹅颈"；而现在，它变得短而粗，硬是被削掉了半边脖颈的肌肉，只剩红彤彤的一片糊在脸庞下边，像被一团火焰灼烧过。这在脱发和肥胖之上，又给了我沉重一击。我深深地觉得，自己已经是个一无是处的丑女人了。这样一个我，别说没有外出见人的勇气，就连面对自己、接纳自己也失去了力量。

一个二十五岁的女孩儿，原本青春、干练，花枝招展，却被这次手术带入了一段相当程度的自我封闭，前所未有的自卑感像咒语一样统摄着我的生活。有些时候，我会毫无征兆地失声，或是早上起来，或是正在跟朋友讲话的过程中，"发出声音"这个往常不需任何深思和用力的动作，一下子变得无比艰难，我的喉咙像被无形的手点下了"静音键"，我从这些不能发声的瞬间中体验着无力的死寂，常常担心是否从这一刻开始，我就彻底失去了用话语表达的能力，想痛快地说句粗话泄愤都无能为力。相当长的一段时间里，我的脖子没办法自如转动，骑自行车的时候，遇到复杂路况，我必须停车、下车，把整个身体转过去查看情况，像个滑稽剧演员似的，不断笨拙地表演暂停、重启……

脖子上的这块肌肉是不可再生的，我寻访过很多名医，想对它进行遮挡或填充，但结果都令我失望：它损失的面积太大了，当下的医疗手段都对它起不到作用，就连先进的基因技术也没办法。

其实，从心理学的角度来看，任何对外在美的追求，都是因为人们不愿接受当下的这个自己——这是我在很久以后才想清楚的事。我如此迫切地想要掩盖、修补、改变脖子的状况，也是因为我无法接纳它，无法接纳一个拥有它的自己。

这世界好比一座花园，每个人都是其中的奇花异草，牡丹本来只是牡丹，它不代表富贵，玫瑰本来也只是玫瑰，不代表浪漫，这些由人赋予的意义，目的是满足人的需求，可你原本只是一朵花呀。有一天，我漫步在公园里，看到花丛下面隐藏着一朵不起眼的蒲公英，我看到它虽然被这些争奇斗艳的花朵遮蔽着，甚至被虫子咬去了一半，可这朵残缺的蒲公英依然对着太阳绽放。好像在跟太阳说："我虽然不完美，但我依然拥有生命力。"我静静地看着它，仿佛看到了自己心底的呐喊，看到了自己对命运的抗争。

随着我对心理学的认识跟探索，我的精神力变得越发强大，我对自己外形的要求，已经没有诸多苛刻的条条框框，对自己脖子上的伤，也全然接纳，我甚至可以赋予它意义——它是我独一无二的标识，是我存在于世的印证，是我战胜病魔的勋章——怎么说都可以。

我开始摘掉刻意遮挡它的丝巾，不再穿高领的衣服，天气好的时候，我甚至会特意将它袒露出来，明明白白、大大方方地将它展示给自己，展示给世界，从那时开始，一个有趣的现象发生了：许多跟我见过几面的新朋友，如非我特意提醒，大概率不会发现我脖子上有什么不同。有时，我会找合适的机会询问他们：你没发现我脖子上那么一大片红吗？朋友常常被我问得一愣，说："啊？"然后特意盯着我的脖子看一会儿，才恍然道："天哪，你的脖子是怎么回事？我之前怎么没发现？"

这样的事情多起来，我便更不在意他人的眼光了。我深深地发现，人越在意什么，就越受什么制约。反倒是你将它视为自然，对其抱以平和、乐观的态度，你才能真的与它达成和解，形成平衡。

在我愿意向世人袒露自己的伤疤之前，我觉得自己那么丑、那么低微、那么罪恶，我甚至为此一度诅咒我自己，把我能想到的坏词都用来形容它。

我以为所有人都跟我一样，会像我一样对它进行无止无休的审判。

可实际上呢？绝大部分的人甚至不会多看我的脖子一眼。我没那么重要，同样的，你也没那么重要，世人的眼光更没那么重要。我们总是被自己的过度解读深深地束缚，因此错过太多对世界敞开心扉的机会。

我相信自然是一种美，这里的自然并不是指不化妆、不打扮、不修边幅，而是一种不干预身体正常循环系统的美，非自然的东西会为身体增加大量的负担，好比为纯天然的食品注射添加剂。

我对自己术后容貌的接纳，经历了一个十分漫长的过程，可我深深地期望，任何阅读我的故事的朋友，你们不必再经历那么多纠结和反复，不必再为自己所谓的"不完美"而感到痛苦。虽然我不完美，但我很完整，这是毋庸置疑的。

我还活着，活着就值得感恩。

第五章

向死而生

癌又来了

三十六岁那年，我的癌症发生了肺转移。

北京协和医院，大夫对我做出诊断后一脸凝重，请我去诊室外回避。我淡定地回应他，说："您说吧，我能承受。"

大夫犹豫地看了看我爱人，担忧地问："直接说能行吗？"

爱人无奈地说："您说吧，瞒着也没什么意义。"

就这样，医生又清了清嗓子，小心翼翼地说："已经没有针对性的治疗办法了，最多只剩半年时间。"

大夫话音未落，我只觉得眼前天昏地暗。

虽说我身上一直带着癌症，可这样一个"时日无多"的"死亡审判"还是在一瞬间给我造成了巨大的打击。这和以往不同啊，以往至少还有无限的生还可能，现在直接把期限摆在眼前了……那一瞬间，我似乎可以听见时间流淌的声音，半年？最多半年？那是什么概念，不过几顿饭、睡几觉的工夫，不知不觉就过去了不是吗？说不定某天我正睡着呢，就再睁不开眼了？老天还是没有饶过我……为什么呢？这么多年过来，为人处世，我并没有恶行啊！我做过什么坏事吗？一时间，什么荒诞的设想都在脑袋里搅和。

我不知道自己是怎么从医院回到家的，爱人也一路无话，我们当中没有一个人面对过这种情况，像是第一次踏上幼儿园操场的孩子，只有发愣的份儿。

回到卧室，我一头栽倒在床上，头疼到无法思考，爱人在旁边轻轻拍着我的肩膀，可我这会儿只想一个人待着，不愿任何人靠近我，他只好呆呆地找了个角落坐下，比我还要不知所措。那个下午，我坐立难安，思绪上下翻飞。

知道自己快死了，无药可救了，应当做什么？

写遗书，交代后事，对，写遗书。

那晚，几大张稿纸平铺在桌面上，我的手指死死抠着笔管，嘴唇也深深地抿着，我就要把此生最后的话写在上面了。写什么呢？肺腑之言，我的肺腑之言是什么呢？当然只有痛苦、心碎，想要审判命运的不公，老天不长眼……我落笔了，却发现头脑极不清醒，许多熟悉的字都忘了写法，每写半行，就得深吸一口气，抹一把眼泪。强忍着写了半张纸，又把纸揉成团，往旁边一扔，心想：唉，这是遗书呀，又不是诉状，得交代些具体的事，不能一味怨天尤人。

于是另开一篇，写下我对童年的怀念，对父母的歉疚，对孩子的不舍，对爱人的留恋……对朋友、对团队、对大千世界里万事万物的不舍。

一边写，一边哭，一边叹气，仿佛杜鹃啼血。

把经历过的、能想到的写了七七八八，重读两遍，竟忽然生出全新的感触：哦？原来我的人生这么精彩吗？幸福受宠的童年被一流的物质生活包裹，自由不羁的少年还有花不完的钱和享不完的乐，自我逐渐觉醒的青年邂逅真爱创业顺遂，罹患癌症大难不死，事业转型后更是蒸蒸日上名利双收，家里有人爱，社会上有人敬，团队里被人托付信赖，走过大江南北，游览过二十多个国家和地区，读过好书，见过世面，心胸开阔，常常喜乐，深奥的学问懂不少，做人的道理搞得清，我心自由辽阔，亦聪慧，亦良善，光阴不曾虚度，这么好呢！

孔夫子说"朝闻道，夕死可矣"。闻道与否我不敢说，可就我短短三十六年的人生所听、所见、所历、所感，也比我知道的绝大部分人要洒脱和精彩了，就算死了也不亏吧。如此想着，我竟噗嗤一声乐出来了，把笔往桌上一撂，"咯咯咯"地笑不停。爱人从卧室里走出来，看我眼中擎着泪花，却笑得像个傻孩子，恐我是思虑过度发了疯，他担忧地把手按在我肩上，询问我的情况。我转过头瞧着他，只觉得更得意了。多好的爱人哪！也被我赶上了。

"没事儿，睡觉。"我说。

"写完了？"

"不写了。"

"挺圆满的，不写了。"

"你没事？"

"好着呢。"

爱人满脸诧异，而我在他的脸颊上轻轻吻了一下，就钻进被窝里去了。那晚，我睡了极好的一觉，那种睡眠质量和睡前、醒后的放松跟喜悦，或许在我一生的睡眠中也是排得上号的。自己不好的时候，只恐艳阳天里暴雨忽至；自己好的时候，枯树上头也能看见隐含的春意。

或许就是在放下笔的那个瞬间，我对生命的理解又变得更深入了。"有的人活着，但他已经死了，有的人已经死了，但他永远活着。"有些人长命百岁，但庸庸碌碌，无所作为，没有什么发现，更谈不上太多创造，而我的三十六年如此饱满，没有一刻虚度过光阴。

生命的价值不在于长度，而在于深度。

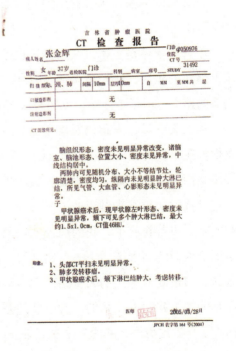

这是那次癌症肺部转移的病例报告，它是一个重大的考验，像我生命中最重要的对手。重要的对手是可贵的，所以我至今还保留着它的"影子"。

爷不治了

在父母绞尽脑汁为我寻活路的时候，我却已经下定决心不再对自己"动干戈"了。

不管放疗还是手术，我一秒钟也不想再经历了，只能在不同的诊室、病床上辗转的生活，哪怕再多活一百年，又有什么意思？不是在治病，就是在治病的路上，治了十多年，反倒是这么个结果，我又图什么呢？

第二天一早，先跟妈妈碰了面。我愣了好一会儿，才反应过来，妈妈的发根竟在一夜间变成了白白的一层。看着妈妈憔悴的样子，我抱着妈妈哭了。哭不是因为自己，而是心疼她。我心里好疼，好歉疚，得病不是我的错，可一想到我的病给本来健康的人带去那么多的痛苦，我心里就觉得难过。更讽刺的是，假若我死了，我的痛苦就烟消云散了，可我的父母却要带着这份本不属于他们的痛继续活下去，而这份打击，恐怕也得要了他们老两口一人半条命。回想此前不长的人生路，大多富足顺遂，并不是因为我有多么强大，而是仰仗了我父母无私的、无条件的爱，一个有爱且富庶的家庭包裹着我，而除了享受这份爱，我为这个家庭带去过什么呢？

心里思忖了半晌，我决定把自己对这次癌症转移的态度告诉妈妈。

"妈，我不想治了。"我在心里默念了一遍这句话，然后看向妈妈，真的把这话说了出来，"妈，我不想治了。"

妈妈没搭话，只是痴痴地看着我。我无法忘记那双空洞而哀伤的眼睛，我至今不知道如何准确地描述妈妈当时的眼神，我看过许多演员在影视剧里演绎人极度悲伤时的模样，有些是眼眶通红，泪如泉涌；有些是面如死灰，无精打采；可我母亲的眼神跟他们都不一样，那是再好的演员也演不出的"臆想之哀"。那样的眼神，和她因我而生的银发，我每次看见，都感到心如刀绞。

其实那时我们心里都知道，就算我想治，也治不了了。全国上下，能问的医院，能找的名医，统统束手无策。我把手头的工作简单交代了一下，决定先去北戴河休息一阵，父亲也须回工厂处理事务，暂时由妈妈跟我一起。

人在现实中面临绝境的时候，会将仅存的希望寄托给超自然的力量。医学救不了我，那就对天祈祷，乞求老天爷能救我一命。那段时间，父亲、爱人和团队的伙伴们都在外面奔走，为我求问中医偏方，也帮我联系各路高人，想从任何一个可能的缝隙里帮我拽出一丝丝生还的希望。特别感谢我做中医的朋友，花了一个多月的时间陪伴我，教会我很多中医养生的方法。另有一位德高望重的老师，传授了我中国传统的养生功法。此外，我还积极地做运动，进行极致的营养补充。那时已经没有针对性的药物可以吃了，我就大量吃维生素C、小麦胚芽油、蛋白质粉和各种不同类型的维生素，因为它们至少还能起到抗氧化和提升免疫力的作用。

我对"免疫力"的需求已经到了疯狂的程度，很短的一段时间内，吃完一瓶维生素C，两天我就能把装营养品的空瓶子塞满四个硕大的纸箱，数目多到夸张的营养品空瓶，让街坊邻居瞠目结舌，他们感叹：这得多少钱哪！

癌症虽然可怕，但它终究没有夺走我正常的行动能力。虽然体质大不如前，可我坐卧行走都还提得起精神。

四处求医问药，寻找千奇百怪的偏方，也不失为一种乐趣，如果不是得了这么个病，恐怕我一生也不会深入了解这些有趣的学问，那简直像一场游戏，其中一个偏方，是将一种紫皮的独头蒜蒸熟，嗅它的气味。我记得那种气味极冲、极呛，闻一会儿就涕泗横流。那时我已经开始自学中医和营养学的知识，对经络的运作有了一定的认识，知道了凌晨三点到五点是肺经运作的时间。我发现，如果凌晨五点之前嗅，我就全然感觉不到它的气味，跟空气无异，而一旦过了五点，我就能重新嗅到那种呛辣，这让我真切地体会到什么是"子午流注"。

早上七点钟左右，我再把那些蒸熟了的蒜就着早餐吃下，尽量多吃。

我吃过很多毒性很大的药物，比如有一种偏方，是在蛋壳上打孔，再把蛇皮塞入蛋内，用火烤制后吃下。此外，核桃皮、土鳖虫我都吃过，没听过的、超乎想象的比比皆是。神农尝百草或许不过如此了吧？西药里面，很多抗癌类药物也是包含毒素的，这无奈之下的"以毒攻毒"为我的身体造成了不可逆的影响，直到今天，我的几处脏器（胃、肝、肾）还处在药物性损伤的状态里。我难说这些偏方有没有起到什么正向作用，总之现在我还好好地活着，所以我想，至少它们给过我不少心理安慰吧。

说到心理安慰，还有一件让人哭笑不得的事：家里为我请过一个所谓的气功师"治病"。今天当然知道那东西不可尽信，可那会儿"气功热"还没彻底消退，民间仍有不少人追捧它，把它吹得神乎其神，身处绝境的我既连毒药都吃了，也不怕再试试气功。

我们请来的这位气功师在圈内颇有威望，他的老伴儿也是癌症患者，他日日为老伴儿运功治病，据说疗效不错，这更加深了我们对他的信赖。支付给气功师的报酬是每月四万元，我们还专门为他和他爱人在我家附近租下一套环境不错的房子，一日三餐也由我们提供。

气功师每次上门治疗，我们一家都表现得毕恭毕敬，不敢对这神通广大的"神人"怠慢，好茶、好点心敬上，话也尽量挑漂亮的讲。实际上，我对他的功夫信少疑多，因为他那些煞有介事的把式，确实没让我体会到什么明显的变化。可我又不想放弃他，心里总是想着万一有作用呢，那我岂不是暴殄天物，错过了康复的良机？这就是人性有意思的地方，到了绝境，但凡能抓的东西，都想死死抓住，企图借此保命，估计那时候，就算有人告诉我吞刀子是偏方，我也愿意尝试吧。其实就是求生的本能作祟。

"气功治疗"持续了三个月，我的病症没有明显变化，倒是气功师的老伴儿先去世了，这听起来真像一出黑色幽默剧的情节。主顾双方再见面，都觉得有点儿尴尬，我们没深问，气功师也没多解释，总之，我们很快跟他解约了，三个月，十二万元，我真不甘心。

可妈妈说，这钱一分都不白花，气功是真是假犹未可知，也没法验证，这种情况下，至少还存在一半的"有效"的可能，你带着这可能性往下活，就多一分可能性活下去。听妈妈这么说，我和爸爸都释怀了不少，无心再深究此事。这就是我妈妈宽厚、温润的地方，她总是能尽量看到事情好的一面，有利的一面，找到它们可以起良性作用的角度。与此同时，也能容人。容人说起来简单，但是实践起来难，是难得的品质，古代的贤者大多有能容人的品格，而妈妈是一介农村主妇，也有这份可贵的品质，我真觉得自己幸运。

带老妈开出租

"死亡宣告"以后，时间之于我的意义已经十分稀薄了，多一天、少一天，查着数过日子有什么意义？

频繁做 CT 检查对身体的负面影响是不可小觑的，但那个时候的我已经无路可退，最坏的结果已经降临在我的身上，再坏能坏到哪儿去呢？所以每次做 CT，我反倒保持着希望，幻想着检查结果至少可以比上一次更好。后又转念一想，复查的意义似乎也不大，本来 CT 就伤身，我干吗要加剧这种伤害呢？检查结果不符合我的期望，我还要再难过一次。所以干脆不查了，有检查那个的时间，我不如多逛一次公园，多吃一次美餐，怎么高兴怎么活。

面对所剩无几的生命时光，我心底最迫切的愿望被激发出来了，我自己审视内心，问自己：张金辉，这么有限的时间，你还想体验些什么？还有哪些事，是你无论如何都得做的？我排除了一大堆选项，什么去这儿看看啊，到那儿吃吃呀，这些都太简单了……或者说，太无趣了。思来想去，我得到了答案，如果还有什么是我无论如何必须得做的，是能使我获得发自内心的喜悦的，那就是帮助别人了。

对，帮助那些需要帮助的人，帮助他们成就自己的愿望和理想，哪怕再小的事也可以。

那阵子我总是去海边散步，吹海风、踏海浪，想玩儿多久就玩儿多久，没有任何事务真的值得牵挂，饿了就回家吃饭，妈妈总是准备精致的餐饭，我大快朵颐，吃饱就睡，醒来想去哪儿就去哪儿，想干吗就干吗，万事随心所欲。

有一次，我在海边遇到了一位卖风筝的老妇人，远远看过去，各式风筝五彩缤纷，十分可人，我连蹦带跳地靠过去，观赏她的风筝。

我观赏风筝的同时，那妇人也一直盯着我看，犹豫了好半天，她终于开口了："姑娘啊，我可连着看到你好多天了，你这天天都在海边瞎溜达，可真闲哪。"

我有点儿错愕。

"年轻人不能错付光阴，你找个班儿上，不怕起步晚，就怕不努力呀！我看你是开车来的……实在找不着工作，你去开出租，不也是份营生吗？"

开出租？

老妇人的话反倒启发了我，"对呀，每天这么闲逛，倒也挺无聊的，体验体验从来没做过的事，岂不快活？而且，这不正迎合了我想助人、行善的初衷吗？"想到这儿，我开了窍，心里实在兴奋，"大娘，谢谢你！"就蹦蹦跶跶地往家走。

回家把我的想法跟妈妈说了，一开始妈妈不解其意，但在我的解释下，她很快表现出对这件事的兴趣。

第二天，我们就开着家里的车，去路上寻觅需要乘车的人。在市区里无头苍蝇似的乱窜不是个办法，北戴河作为北方的旅游胜地，每到旺季，火车站的客流量都很大，而火车站和市区的距离又比较远，坐公交车速度慢，坐出租价格又贵。这里需要帮助的人应该是最多、最集中的了。于是我们来到北戴河火车站。

火车站人头攒动，去哪儿找需要帮助的人？其实不难辨认：需要帮助的人，他们的表情往往显得紧张、局促，他们东张西望的，这儿晃悠一会儿，那儿晃悠一会儿，都是因为车子不好打，即便打到了，司机要价又贵，所以显出一副游移不定、忧心忡忡的模样。我专门盯着这样的人观察，还真是一找一个准，我把车子靠过去，摇下车窗，大声问："去哪儿？"还没等对方把目的地说出来，那句"我拉你，不要钱"也脱口而出了。他们中的很多人会对我的热情、主动感到怀疑，哪有司机上赶着找赔钱的买卖呢？我耐心解释给他们听，"我不是为了挣钱，我就是想体验生活，正好能帮上你。"有时我也拿车上的母亲作证，"你信不过我，还信不过这老太太吗？这是我妈，我俩一个弱女人，一个老太太，想绑你也绑不动！"听我这么说，他们也就彻底放了心。

就这样，那段本该闲适的修养时光再次被我折腾得热火朝天，似乎不太像"病人"应有的状态。研究养生学，研究做饭，忙着玩儿，忙着帮助别人，每天都安排得满满当当，并不比以前工作时清闲，如此一来，一天中的绝大部分时间，我是想不起"自己正处在癌症晚期"这个事实的，我在每一个当下里，享受它的丰足和美满。

我究竟在拼什么

我的亲朋，都把我得癌归咎于我过于拼命地工作。这一点，我跟他们的看法一致，尤其开始创业以后，我更是玩儿了命地干。有一次出差，我一连两个星期的晚上都睡得很少。后来回到家，我连迈进卧室的力气都快丧失了，倒头就睡，整整睡了五十个小时才满足地睁开眼。那天，父亲坐在我床边，心疼地抚摸我的头发，他问我："姑娘，你告诉爸爸，你为什么这么拼？咱家不是没有钱，至少能保你生活无忧，现在你拼得自己身体都不顾了，为什么？"

父亲话音未落，我已经鼻子一酸，落下泪来，他把我积压多年的委屈唤醒了。我说："你怎么今天才想起来问呢？你儿子结婚你都给买房子了、给钱了；我结婚，借你的房子住，你给我那点儿陪嫁，连重新装修都不够。"

父亲没想到我能讲出这么一番话，一时间哑口无言。

我接着说："我不怪你，但我心里头不服气，我就是把自己拼出毛病来，也得争这口气，我想告诉你，我不比两个哥哥差，我也不想指望任何人，我就想靠着自己的双手挣来个好成绩。"

听我说完，父亲也跟着哭，他疼爱我是真，但他固守"重男轻女"的观念也半点儿不假。父亲的内心是矛盾的，他既被这种观念深深地统摄，但他对我的爱，又让他难以把这种观念彻底贯彻到实际的生活中。父女之情和文化糟粕在他的价值排序里反复拉扯，或许他已在能力范围内做出了尽可能的平衡。无论如何，父亲对两位哥哥种种下意识的偏袒，让我早在小时候就生出一种"不能指望父亲"的想法，这也解释了为什么我婚后那样迫切地想要独立，宁可借钱做买卖，也不想继续在他的工厂里做事。

我父亲经常把一条谚语挂在嘴边："父亲是儿子的江山，女儿的饭店。"意思无外乎父亲的家业要交给儿子继承，能为女儿做的不过是等女儿回来探望时管管她的吃喝。说来说去还是重男轻女那一套。母亲每次听父亲这么叨咕，都免不了讥讽他，说你正好弄反了，现在"女儿是你的饭店"，这话是我做金碧饭店那几年说的，影射父亲去我的饭店吃饭一事。父亲听完也只是笑笑，定然没有细想过母亲的深意。

父亲处理家庭事务的态度，总的来说是开明、公正的，但这份开明、公正又建立在他自身的认知局限上。人是环境的产物，所谓近朱者赤，生长在一个文化观念滞后的地方，对许多事的判断基于自然，没什么道理可言，其实说来说去，真正害怕的是别人的眼光，因为所有人都那样认识一件事，都那样做一件事，如果你不从众，就有被打上"异类"标签的危险，尤其当那些持有落后观念的人是你亲近的人时，事情就更复杂了。

父亲有一个大哥，他常常来长春探望父亲，老哥儿俩一坐下来，有一个话题是永远都要谈的："儿子传宗接代""女儿百无一用"。

讲真的，我不知道为什么他们那么强调这种"重男轻女"的观念，好像隔几天不提醒就会忘记一样，简直比传教士传教还要勤勉。尤其从我大爷的视角出发，我大哥、二哥又不会给他传宗接代，我这个女儿再怎么"百无一用"也并不干扰他的个人生活，我实在搞不懂他这样做是何用意。

大爷每来一次，父亲就像被精神控制了似的，刻意冷落我几天，好在大爷的"教义"功效有限，没几天父亲又会自然地忘记了大爷的规训，对我重新温柔、耐心起来，一如既往。

其实就连大爷也发自内心地喜欢我，他时常夸我聪明伶俐、乖巧懂事，可他同时也不忘教唆我"不要指望父母""嫁出去的人，泼出去的水"，每次听他说这番话，我都厌恶得很。

性别问题是人类文化史上的重要议题，也是不可弥合的时代局限。它对一个家庭的影响都大到这种地步，那么它对整个社会呢？

与癌症 PK

人对生的渴望是最纯粹和无须解释的，这是每个生命的本能，而彼时支撑我在绝境中抬起头的，是我不想再为父母亲人制造痛苦的心情。我深深地感到自己对不起他们，如果我就这么去了，我不敢想象他们接下来的日子——

或许还有上万个日日夜夜，他们要在怎样的煎熬中度过？

每每想到这些，我身上反倒有了劲儿，"我跟你拼了，我就不信我好不了！"有时我就这么对着自己发狠，"你还真找错人了，我张金辉命最硬，癌症跟了我十多年，我不还好好的？我不光好好的，我生意照做，还飞黄腾达了呢，我这一生，做事光明磊落，我要是白白死了，老天爷都觉得理亏。现在你要我死，我就死？做你的春秋大梦去吧，咱俩就试试！"

我这样给自己打气，也深知自己本性耿直、正义、有良知。

那段时间，我的身体状况并不像设想的那样糟糕，我的体能、精力仍称得上充沛，甚至比我患病之前有过之无不及。那时我已经荣升为了一家国际公司的财务总监，工作非常繁忙，连续出差、熬夜工作一样没落下，我团队的年轻人惊讶于我的精气神。

此前我在大连购入了一套海景别墅，一直没有时间打理。在协和医院确诊"肺转移"之后，本来是没有心力装修那幢别墅的，觉得就算费心思装好了，无非也是在里面等死，不知能住上几个日夜，又何苦呢。后来转念一想，装修或许也不错，可以给我爱人留着，当送给他的再婚礼物——这当然是我没有说出来的隐秘心声——那段时间，我和爱人的感情依旧很好，他对我的关照无微不至，给了我许许多多的力量。爱人很用心，快速完成装修："这是你创造的成绩，能住一天就享受一天。"为了可以让我快点儿住进去，爱人带着装修队加工加点，想抢在我的死期之前把它装好。

最后，他用一年的时间把房子装修好了，庆幸的是：一年过去了，我还活着。

信念是一个人建构行为方式的根本，所谓"想法决定活法"，这里的"想法"指的就是信念。真正的爱自己，是在信念层面管理好自己，优化自己对事物的判断和加工的能力。

如果我对癌症的加工仅仅导出"死亡"这唯一且绝对的结果，那我必然会因癌早逝。而我对癌症的加工，是"癌症虽然可怕，但它也使我变得更加珍视自己的生命"，于是我认真活好每一天，一日三餐也绝不糊弄。

养病的期间，除了调理身体，我还把很多时间用在了逛菜市、研究烹饪和享受美食上。有人问我，工作这么忙，还把这么多时间花在做饭上，顿顿好几个菜，不麻烦吗？我回答说："吃饭都嫌麻烦，那工作也没意义了。吃一顿少一顿，干吗不精心准备呢。"

因为"要死了"就对付活着，那就是在等死，或者说，已经死了。

有关对事件的加工，我可以跟大家分享一些带有学术性质的内容。人有"六根"，即眼、耳、鼻、舌、身、意，这六根就是我们接受外部信息的工具，外部世界的信息是无限的，我们不可能全部接收，而我们选择性接收的那部分信息，是为了赋予当下的事件一个确切的含义，进而做出判断。

比如我们习惯了把"寒天里乞食的流浪汉"加工成"可怜的"，但实际情况只有这一种可能吗？

一位乞丐给我们带来的感受，只有"可怜"这一种吗？

他真的如我们所感受到的那样"可怜"吗？

他自己也认为自己可怜吗？

恐怕未必。可是，你习惯了这样的加工方式。看见别人可怜，自己也跟着感同身受，产生负面的情绪，这样的加工越多，你的信念系统就越牢固，开始习惯于看见事情的负面影响，或倾向于将许多中性事件加工成"坏故事"。

在我研究心理学以前，我的信念系统，多是在父母的影响下形成的。

这一点，我更当感谢自己的父母，是妈妈宽厚、容人的个性，熏染着我，让我遭遇不公和挫败的时候，总能想到她和善的笑容。人说可怜之人必有可恨之处，但母亲总是能关照可怜的那一部分，而不对其深究。说着"哎呀，别计较，别计较，吃亏是福""他要不是因为穷困、有难处，能在这件事上钻营吗，能到咱这儿来占便宜吗？他也不容易……"

我家搬去长春生活以后，亲戚家二十多口人纷纷赶来投奔我们，七大姑、八大姨，前后二十几口人，在我家吃、住，母亲为他们洗衣、做饭，里里外外照应着，家里的人脉、资源，也分享给他们，供他们学手艺，谋生计，对他们的孩子也视如己出。

父亲勇敢、坚韧，遇到困难时，很少抱怨客观环境，而是愿意从自己的身上找解决问题的办法。父亲也心宽，遭遇急情、要事，认真对待的同时，也能保持自己通常的生活节奏，饭照吃，觉照睡。父亲温润，给人切实的暖

父亲去世前，通过微信给我留言，为我写了图中这样一段留言。因为操作不够熟练，里面有些病句和错别字，但他传递的爱却丝毫没有受到阻碍。

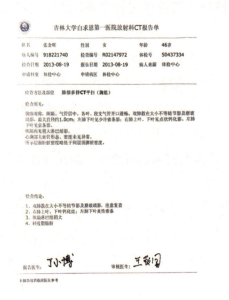

2013 年炎症钙化灶等　　　　2016 年未见明确病变

意。当我和哥哥们没把事情做得完满时，他从不责怪，只把我们犯的错看成一种可爱。

父母的种种处事方法，都使我耳濡目染，养成了如今的心性。这是我从他们身上继承的最大财富。

调整心态后，经过我的健康调理和心理疗愈，我的癌细胞于 2013 年开始钙化，自 2016 年至今未见异常，这不得不说是一个奇迹。

癌症痊愈这件事，即便今天提起，也会让我和身边的人连连感叹。也许，从医学的角度上来看，这个奇迹般的结果并不新鲜，可对于我来说，这是极其震撼和不可思议的。我几乎无法描述得知这个结果后的心情，欢喜、泪奔……有人说人生有几种最典型的幸福经历，是虚惊一场、久别重逢、失而复得、大病初愈。其实，这个结果使我同时拥有了这一切。

我深深感谢命运对我的眷顾，感谢我的家人、朋友，感谢我身边的每个人，甚至想要感谢全世界，感谢这个每刻不停运转的、复杂得不可估量的宇宙。好似宇宙忽然抛出了一张空余的"复活券"，那张券正正好好地落到了我的手中。

第六章

生命的转角

渐行渐远

有一句话说，婚姻是女人的第二次生命，犹记得新婚宴尔时，我曾一度以我的"第二次生命"为荣为傲，我觉得自己遇到了真命天子，也曾一度想与他执子之手共赴白发。然而没想到，就在我原本的生命发生危机之时，我的"第二次生命"也发生了转折。

初次病发时，爱人正在国外。三年后，也就是我癌症淋巴转移的第二年，他回国了。

按说久别重逢，在最绝望的人生阶段和自己的爱人依偎在一起，应是一段佳话，可我对爱人的看法，却在那个特殊阶段发生过一次不小的转变。

那年，他在西班牙的生意不好不坏，带着极有限的积蓄回国。面对病中的我和自己未竟的事业，他内心深处更想选择后者。奈何天不遂人愿，因为种种事宜，他的签证没有通过审批，日子耽搁得久了，那家他经营了三年的饭店也只得草草转让，他则成了一位名副其实的待业青年。

我们开始计划共同创业，踌躇了一段时间后，正好赶上一种期货在东北火了起来。我爱人动了心，提议把钱投到这种期货上。他的依据很简单：××一夜之间靠它赚了多少多少钱……把产品吹得神乎其神，让他也对此抱有信心。

我当然不会轻信这些消息，这世上没有天上掉馅饼的事，就算别人发了偏财、横财，那也是别人的造化。我坚信天道酬勤，就算赶上时代的风口，也要细细耕耘才能确保收获，从无侥幸心理。而我爱人出身文艺世家，出版过关于法律合同方面的书籍，他在和我结婚前的三十年，没有半点儿从商经验，更没从他的生长环境中习得什么相关的理念、技艺。一碗饭有一碗饭的吃法，他在生活中行事稳重，在文艺方面饶有成就，可这些才能并非商业领域需要的核心素质，同时，他清高的个性又给了他一种盲目的自信，让他觉得自己的一招鲜可以吃遍天。

为了打消他的念头，我搜集期货的交易数据，花了一个晚上做统计，得出的结果是：盈利的概率是 0.009——一千单里面只有九单盈利。

可是，面对如此显而易见的结果，爱人还是"不信邪"，想说通我拿出家里的存款购买期货。他出国后，我用经营饭店的钱购置了一套房产，他回国后，我把饭店出兑，手头除了那套房产，总共还剩十五万元，这是我俩的全部家当，我断然不会同意他拿着仅剩的这部分钱往火坑里跳。

我们为此吵了一架，他在分辩和争吵中展现出的赌博心态让我感到失望。

后来，爱人背着我从他同学那里借了十万元，利息是"一分利"，全部投给了期货。那段日子，他总是一副志得意满的模样，可又过了一些时间，我发现他开始变得失落、焦虑，终于跟我坦白了他向同学借钱的事，那笔钱已经分文不剩地赔了出去，约定的还款日已近，无奈之下我只好用那十五万元为他的幼稚和一意孤行买单。

跟着这笔钱一块儿烟消云散的，还有我对他的崇拜和信任。

相识以来，我对爱人的敬仰和喜爱是不言而喻的，或许潜意识里，我还尊崇着"士农工商"的阶层排序，过度抬高了他"文化人"的属性，反倒把自己这个商贾之家看得过低，就连我们领证结婚的时候，我内心也有一种不配的感觉，觉得这是他对我的向下兼容，简直"屈就"他、"糟蹋"他了。因此，对于他大大小小的决定，我向来无条件地支持，心里总是坚定不移地信任他。平日里和他相处时，我也表现得乖巧、温顺，在外人面前展露出的斗性，在他这里也都化为绕指柔。

经历了这次"期货事件"后，我对他的态度变得强硬，甚至霸道起来，心里对他的那份崇拜也彻底消失了。这一事件中，钱不过是个表象，我真正看破的是我爱人的价值观，他固执，不顾家庭的现状一意孤行，面对机遇时缺乏理智，而这些表现的背后，是他对"一夜暴富"这种小概率事件的执迷不悟。他听不进我的话，也不认可我的想法，任我苦口婆心，他都不为所动，渐渐地我也没了耐心，我们的沟通也越来越少，两个人似乎渐行渐远。

消失的爱

像大多数夫妻一样，日子有争吵，也有迁就，彼此不断磨合。我并没有因为之前那些事和他怎么样，因为我知道两个人过日子，就是两个信念系统的碰撞，两套人生观和价值观的融合，所以我把更多精力放在了事业上。几年下来，我们收获了一些财富，过上了相对富足的生活，我们也会时常去世界各地游玩，在喜欢的地方购置房产，名山大川游历遍，被各界精英簇拥，所谓的高级跟奢华，能体验的都体验了。

大概就是从这个阶段开始，我和爱人的分歧变得越来越大，我们之间的距离也越来越明显了。

一场重病把我推向崭新的人生路口，使我开始专注内在的提升和精神世界的富足，可此时的爱人仿佛更注重物质领域的享受，把满腔热情都投入在游戏、娱乐中。那个时期，我感觉他就像个孩子，很贪玩。每次我们出国旅行，但凡碰见有趣的娱乐场所，他都挪不动脚，玩儿到通宵，玩儿到精疲力竭是常有的事。开销非常大不说，隔天我们一家人共同出行的时候，他就呼呼大睡，你想跟他分享美景、佳肴、新奇体验完全做不到。每到一个新地方，我更关心这里的风土人情，更想去看看自然景观、名胜古迹，甚至想在每个没去过、没见过的街头巷尾流连，跟有趣的人交谈，更深入、广泛地体验异乡风情，而不是在千篇一律的霓虹灯跟闹市里过分消耗自己，但他对这些显然毫无兴趣，我们选择的路开始分岔。

一次从夜场回来，爱人兴致勃勃地从怀里掏出一个小盒，那是他特意为我挑选的礼物，一枚价值不菲的钻戒。他捧着钻戒，像个考了满分的孩子似的等待我露出笑容，可我收到礼物，真的没那么开心。因为我知道，这礼物是他从娱乐场所"赢"回来的，所谓的"赢"，不过是连续搭进去大把成本后一次不痛不痒的险胜。他为这样的游戏兴奋不已。看着他幼稚的模样，我高兴不起来，我不想伤害他的自尊，表达自己的不屑，内心又不知如何接纳他的铺张和无度的放纵。

生活里贪玩也就罢了，有时候他的贪玩还会影响整个团队的工作。明明第二天一早有重要的会议，可他偏偏要带着他的拥护者们成宿地打麻将。隔天我登上讲台，发现观众席的头排座位整个儿空着，就知道以他为首的高管肯定都在宾馆里补觉。那次我气得不行，差点儿在讲台上发作，会议结束后，我私下训了他一顿，他表面上歉疚，可我知道他改不了，他已经被财富和无忧的生活迷了心智，远不是当年那个壮志凌云的他了。

回到国内，随着时间的推移，我俩的分歧变得更多、更明显了。我想，那时我们各自的性情并非发生了什么本质性的改变，只是新的生活状况和生活节奏，让我俩各自的内在更加清晰、凸显了，是新鲜的事物在我们的内心激起不同的化学反应，加剧了这种分歧。

有些事情，尚未酝酿成熟的时候，很难引起人的觉察，可一旦势成水火，显现出来，却又让人措手不及，往往覆水难收。我和爱人之间的问题，根源在于我们的信念不同，而最直接的导火索或许是他的"分心"。

有一次，爱人提出要去山东做市场，这是一份需要长期滞留外地的工作，我内心不太情愿，因为基于我俩当时的情感状况，我不需要细想也能明白，"做市场"是名，"寻求自由"才是实。我和爱人的感情日渐疏远了，爱人想借"做市场"跟我拉开距离。

那段时间，他有事没事就摆弄手机，即便一块儿出行，他也不愿跟我保持同步，要么大步流星自己蹿到前面去，要么磨磨蹭蹭跟在后面，一刻不停地拿着手机，回信息、打电话。有几次，我外出回来，一推门进屋，他就慌张地把手机收起来，顾左右而言他，欲盖弥彰。

那一年，马上就要到他的生日了，我和朋友们约好聚在一起给他庆祝，我很期待这次聚会，想利用这个机会把爱人的心往回拽一拽，让他好好感受我的用心，好好感受我对他的情谊。那时的我为了挽回我俩的关系花足了心思，像个每天活在悬崖边上的流浪汉，时刻盼望这段关系、这份感情不要跌下去，不要摔碎，想要利用每个能够利用的机会，多疼他一点儿，多爱他一点儿，多表达一点儿，可越是这样，越是事与愿违。那次，我提前定好了餐厅，朋友们也准备了大捧的鲜花、精美的礼物，共同筹划了一次颇有排场的生日宴会。到了他生日那天，才一出发，他就一副兴致寡淡的模样，到了餐厅，明明没有发生什么特别的事，他的情绪竟然更低落了，于是随便找了个借口，在宴会还没正式开始的时候独自离开了。我顾不上跟在场的朋友解释，也不知道怎么解释，硬扛着这突如其来的尴尬，给他打电话，想把他找回来，可回应我的只有冰冷的"您拨打的电话已关机"。

不知道为什么，我和朋友精心准备的一切，在他的眼里仿佛没有半点儿可贵，反而成了一堆累赘、糟粕，只会拖累他，讨他的厌。那是多令人感到心碎的场景……我怔怔地看着我的良苦用心，回想着他的不屑一顾，觉得自己可悲、可笑，觉得委屈、耻辱。

这次经历让我明白，即便在外人面前，他也无心再维护什么表面的和平了。

各奔东西

对于自己的婚姻，我俩的感情，我一直是非常珍惜的。从另一个角度说，作为一对有一定公众影响力的夫妻，我也不愿我俩的私事沦为别人的谈资、笑柄。那次莫名其妙的"生日风波"以后，连续一个星期，他的电话都是关机状态，毫无音讯。我想，他的心大概不会回来了。

我无法承受他日复一日的魂不守舍，心猿意马，每一秒我的心都被翻搅着，不得安宁。我俩的感情已经没有回温的可能了，可想到舍弃他，更汹涌的绝望就涌上来，我就这样被他一步步推搡着，退到了绝路，孤独地、绝望地、吃力地抓着悬崖的边沿，眼前是他的冷酷无情，脚下又是足以将我彻底吞没的万丈深渊。

我试过自我安慰，甚至是自我欺骗，"为了共同事业，为了孩子，我必须好好维护这段关系""也许夫妻之间都是如此吧？年深日久，谁还没有个阶段性冷战？"我用各种各样自己都不能信服的理由给自己做心理工作，只求自己那颗已经满目疮痍的心能有片刻不疼。

在这样的状况里，我渐渐变得麻木、冷漠了，我变得出乎寻常的"冷静"，爱人偶尔对我露出笑脸，表现得热情，我却无法分享他的快乐；爱人无理取闹，我也没有半点儿想要安慰和解决的意愿。这是我的自我防御机制，为了保护自己不再被他干扰，不再为他痛苦。

我既爱他，又恨他。

我尝试跟他进行谈判，我一门心思地想让他做出改变。在我看来，这是理所当然的，他需要回到我们情谊浓厚的那个阶段，把心思更多地放在我和这个家上，需要专一，可我们的每一次谈判，都无一例外地以争吵收尾，我像是一个将死的水手，在一艘正在快速沉没的船上疯狂打舵，做着无用功。

我也从心理学层面做了自我剖析，我试着回看自己的原生家庭，观察父母的性格以及各自的位置，我明白，自己一直站在母亲的"反面"，想要呈现出一个和母亲的退让、柔软、低姿态完全相反的自己，于是我在婚姻中变得强势、锋芒毕露，总是想要掌控……雪崩来临时，没有一片雪花是无辜的，我自身的这些特质也无疑对我和爱人的婚姻产生了许多影响。可是事到如今，这些反思已对这段关系无益，只会加深自我折磨。

我想，再大的诱惑，也不至于让一对曾经情深意切的患难夫妻恩断义绝吧？我想，他也跟我一样，对这一切感到不舍，感到难以抉择吧？

"生日风波"之后的一个礼拜，他回来了，我例行公事地去机场接他，表面上还是夫妻，但我的内心早已被痛苦占据，那阵子，我习惯性失眠、高血压，一刻也不得安宁。我一路哭，到了机场，胸口闷到极致，我多想装作若无其事的样子，用一副笑脸迎接他，可我感受到的只有委屈和羞耻，我做不到假意逢迎。一股劲儿直从身体里往上涌，我感到恶心、疼痛，真担心自己会吐出血来，还好最后吐出的只是几口白沫。无论吐的是什么，这些排异都是被我内心无尽的不堪挤出来的。

接到他的时候，我的头已经晕得不行了，我要他负责开车返程，可他看着我虚弱的样子，居然皱了皱眉，说："你怎么又生病了？"

我觉得他的话里没有半点儿关心，只有厌烦和嫌弃。

他开车到医院陪我做检查，那会儿我已经腿脚发软，走路吃力。有几次险些踩空摔倒，他搀扶我的动作竟那么不情愿，他用手指小心翼翼地捏着我的衣角，仿佛生怕多沾到一点儿我的身体。我不解，我痛恨，恨不能攥紧拳头打他两拳，可惜浑身无力，所有痛都成了连绵不断的自伤。

类似的事件一次次鞭打着我，让我勉强扒在悬崖上的手，终于无法再坚持一秒钟，只想快点儿松开，求个解脱。

我累了……

就这样，我们各奔东西，离婚了。

重拾自我

和爱人之间出现问题后，我的心几近破碎，从重病到遭受背叛，仿佛所有苦难和不公都降临在我身上，在外人眼里，我富有、干练，有不俗的社会地位，可任何人都无法明白，彼时我的内心有多飘零、混乱。离婚后，这份痛楚有增无减，但凡触及有关过去的事，就感到一阵剧痛、一阵愤恨、一阵酸楚。

为了摆脱这种感受，我开始不断寻找解脱的方法，这时，心理疗愈引起了我的注意。

那段时间，正值国内的心理学领域初萌，我也开始向心理学寻求慰藉。尝试自救。

长久以来，我苦于找不到精神归所，经历了太多自身心智难以处理的事件。头脑层面，我谙熟许多经典，也拜访过很多高人，听过大量的讲座，阅读过许多相关书籍。表面上，我好像什么都"懂"，却又没办法过好真实的每一天，这太荒谬了，不是吗？

那时候，国内的心理学资源非常贫瘠，社会上几乎都是外籍教师授课，并且价格高昂、沟通受限，我前后斥资三百万元，在世界各地寻访名师、名家，跟世界上最一流的心理学者进行学习，这当中也包括《亲密关系》一书的作者克里斯托弗·孟先生。

这段学习的经历让我明白了一个基本的概念：一切是由能量组成的，而人的意识可以调动能量，有一种说法叫作"想法决定活法"。我想，过去正是我的局限性信念为我招来痛苦，使我迷失自我。拿我的婚姻来举例，我要求、索取时，就像一个"爱的乞丐"，自以为讨好着爱人，手中却握着利刃，不断刺痛、伤害我的爱人，而这也变相地加剧了我俩后来的分歧。

那些跟着导师上课的日子，让我收获了很多能量、很多感悟。

我在课程中一次次看到自己的伤痛、麻木、恐惧，也在课程

我和我的老师——《亲密关系》一书的作者克里斯托弗·孟

中一次次伸展自己、释放自己，慢慢地，我感到自己冰封的内心逐渐打开了。

在东莞的一次心理疗愈课程让我印象深刻。课上，老师引领我回看自己的内心，过程中我"看"到碎了一地的心逐渐拼凑成型，被"烧焦了"的心慢慢回复血色，重获生机，终于重新充满力量。

我按捺不住喜悦，从教室里跑出去，在教室所处的那座森林公园里尽情奔跑，最终在宽敞的草坪上躺下来，让阳光照耀我，搔弄我的脸庞和手指，心里的阴霾也全部散去了。那一刻，我仿佛和大自然融为一体了，我清楚地感受到天空在笼罩我，大地在支撑我，万物都在与我亲切互动。我仿佛变成了一株植物，享受着这一切，慢慢进入了一种似梦非梦的状态。

不知过了多久，我被叫醒了，我轻轻地睁眼，发现一只蝴蝶正停在我的鼻尖上，它对我没有任何忌惮，而它的出现好似印证了我的想象：我变成了一朵花，我内心的芳香遍布了整座森林，和这里的一切连通着，互相感应着。

如果不是这样，我又怎么会招来这美丽的生命呢？一个柔和的声音不知在哪里响起来，我侧耳听着，它似乎是在向我传达"生命的真谛"：当一个人放下伤痛、突破局限，卸掉"小我"的畏缩和防备时，他可以变得何其开阔，何其自如，何其幸福。生命不是为了挣扎、承受痛苦的，也不是为了堂而皇之地自我证明的，更不是要把人间活成竞技场，将所谓"成败""输赢"当成目的，而是应当珍惜每个当下，享受已经拥有的一切。

那真是一种难以言喻的感受，恐怕我笨拙的文字没能描述出那一刻的我万分之一的惬意。

东莞的那次体验，让我如获新生，也让我对心理学的信赖更进一步，我的情绪问题得到了直接、有效的改善，那时，我深深地感到，不光是我这个个体需要心理学，一个健康的群体，一个健康的社会，都需要有心理学的润泽。我立志要在心理学领域有所建树，便开始了一段持续十年的研修之旅。

东莞的课程结束后，带着那份富足、喜悦、感恩，我重新回归到自己的生活里去了。那时候，父亲生了一场病，前夫过来看望父亲时，我们进行了一次交谈。他表达了自己对我父亲的疼惜、担忧，表达着他对过去那个家的感恩和留恋。这一次，我发现自己变得格外平静，不再有不甘和怨懑。我意识到，爱似乎是一件不需要任何条件和理由的事。

因为父亲生病这个契机，我和他又在我的父母共处了一段时间，这段平静的相处，让我更加确定了，我心中恨意的消散不是虚假的，不是一时的"宽容忍让"带来的，而是我真的放下了、接受了我和他的当下。此外，我更能够看到我和他的关系可贵的一面，我开始发自内心地希望他能好，能再拥有一个爱他的人，一个好的未来。我感恩他用他的方式（即便这方式曾让我心如刀割）催我成长。我坚信，我和他共同经历的一切，使我变得更成熟、更有智慧了，让我迎来了可贵的新阶段。我借此找到了我自己，做回了自己生命的舵手，不再会因为风浪而迷失。

心理疗愈使我的内心重新拼凑完整，对自己有了崭新的、深入的认识，对心灵和生命有了更好的体悟。与此同时，我也开始在自己的团队内部进行演讲，想要把我学到的相关理念分享给他们，彼时我们的工作强度非常大，许许多多的高管和员工，都处在严重的焦虑状态，我想，我们的团队首先应是一个健康的团队，应该人人都对自我和生命有深刻的认识，如此才能更好地服务社会。

不过，想法虽然简单，但实践起来并不容易，因为我讲的内容，对团队中的很多人来说是陌生的，是跟实际工作和具体业务关联性很低的，所以有相当一部分人并不能认真聆听。团队里甚至有几位伙伴，抵制我在团队内传播相关知识、举办相关活动，他们觉得这些知识和活动与工作无关，只会放慢他们赚钱的脚步，影响他们的业绩。听了他们的话，我感到无奈，但我并没有放弃将心理学更好地传播出去的打算。

在接触心理学之前，我曾对它抱有偏见，以为它的存在只针对严格意义上的心理疾病患者，后来我渐渐明白，心理学、心理疗愈是具有普适性的，它十分适用于那些想要更好地做出情绪管理、更好地活出自己的生命状态的人。

当我了解了心理疗愈是一个向内求的过程，是一种不断发觉"我是一切的根源"的过程的学问时，我真切地看到了它的价值，也感受到了它带给我的有效疗愈。让更多人接触它、了解它的愿望越来越强烈，我想要使用心理疗愈的方式，去服务更多生命。

第七章

爱，从自己开始

谁说人生不能重来

不久前有人问过我，到了这个年纪了，经历了这么多，尤其是经历了那段铭肌镂骨又半路崩殂的爱情，你还会再爱吗？

我斩钉截铁地回答说：会！

"会"字出口的瞬间，我也下意识地做了联想，如果再遇到一位真情人、知心人，我对他的期许是什么？我想，我大概不需要那个男人有多强大，他的地位、财力通通不重要，只要我们心意相通，有关照彼此的意识，能够成就一段温馨的旅程，我就心满意足。其实，这话说得轻松，可这样的人却最不好遇见，我向来以为钱、权、色、利易得，真心难求。而两个人的心智水平、审美取向、生活习惯等是否匹配，更决定了一份关系的健康程度。

有一个志同道合的伙伴，彼此陪伴、携手行走，对我来说已经足够。

通过这段刻骨铭心的关系，我更加明白了爱自己的内涵，爱自己不是自私，懂得爱自己之后才有能力去爱别人。当年掏空了自己去爱对方，自己变得残缺不全了，想要的回报也变得格外多，这无疑会把双方都搞得疲惫不堪，关系的破裂也成了必然。当一个人真正做到爱自己的时候，他对婚姻的依赖和期许也就没那么高了。人对另一个个体的依赖，无论物质上还是情感上，大多来自自身的缺乏。而人是本自具足的，本质上，"我"才是幸福的中心。

我的老师克里斯托弗·孟在他的著作《亲密关系》中，将亲密关系分成了几个阶段，从"甜蜜期"到"幻灭期"，再到"权力争斗期"，最后重归

"和平期"，是大多数亲密关系必然经历的过程。

一个人真正了解亲密关系的意义后，会将注意力放在自我的成长和蜕变上，而非指责跟抱怨。"我是一切的根源。"

我不会因为自己与爱人的关系，而对男性群体产生偏见，同时，我尊重每一个"他者"的命运，并不奢望我女儿的婚恋经验中只包含正向的体验。如果注定有某个或某些对象要让我女儿承受苦痛，那么这份苦痛就是她的，我需要帮助她的是引导她如何看见苦痛、处理苦痛，如果苦痛注定会到来，我相信这也是她成长中必经的一环，我不会为了害怕她承受苦痛而过多干涉她的选择。

恢复独身以后，我独自旅行了一次，那次旅行用了十七天，从我的老家吉林一直走到很远很远的地方。回忆起这次旅行，我一开始就没有为它设置特定的目的地，我只是感到自己精力充沛，像一个少年似的，对行走跟自由的渴望忽然蓬勃起来。好像被什么召唤着似的，我非常想要出去透透气，所以就那么不假思索地出发了，以长春作为起点，途经沈阳、秦皇岛、五台山、连云港、花果山、西山、普陀山……

这一路上，我用心观察每一处映入眼帘的风景，每一个走近我的人，在几千公里的路程中和十多天的时间里，一切或寻常或新奇的遭遇带给我的感受都像养料似的化在我的心里。随着气温逐渐升高，地理位置的变化，沿途景色像万花筒里的底片似的切换着，那种"与世界合一"似的畅快感受也变得越来越真切，越来越具体。在天地之间徜徉，无拘无束，伸伸手似乎就能摸到云彩，低低头仿佛就能嵌入森林，好像什么事也无法对我造成牵绊。

从心理疗愈到这次旅行，为了能从痛苦中走出来，我做了很多尝试，它们中的每一个举动，都把我引向那个更深邃、更开阔的境地，都让我变得越来越好。

　　这场说走就走的旅行，让我体验到我生命的鲜活、内在的激
情和对这个世界的热爱，回来之后，感觉自己焕然一新。

闺密来访

　　旅行归来以后，我曾经的一位闺密约见我。跟很多别的朋友一样，听说
我的婚姻遭受变故，她感到非常担心，很早就想来看望我了，可她又怕跟我
面对面聊起其中的种种，会对我造成二次伤害，所以犹豫了好一阵子，才选
了这么个时机约我。

　　我的这位朋友相貌姣好，气质出众，在我的印象里，她每次外出都会精

心打扮自己，走在人群里，她也总是能够吸引很多人赞赏的目光。可那次我俩碰面的时候，她却像是换了个人似的，面容憔悴，装扮随意，好像一朵过了盛期的花，显得那么暗淡无力。

与此同时，朋友也对我的状态感到惊讶，因为在她的设想中，我应该是虚弱的、痛苦的、满面愁容的，她断然无法相信，我是当下这副自如绽放的模样，整个人由内至外地洋溢着痛快、喜悦。

见面的一瞬间，我俩近乎异口同声地感叹道："哎呀，你怎么是这个样子？"

面对对方的诧异，我的回应是一个笑容，她的回应却是一声叹息。我看得出来，这位朋友一定也遭遇了什么不顺的事。

"听说你现在一个人了……"朋友小心翼翼地试探着我。

"对呀，一个人啦。"我笑着回答她。

"我还以为你……"朋友尴尬地笑了笑，"哎哟，这给我担心的。我以为这么大的事，一定把你折磨疯了。"

"正因为发生了这么大的事，我才过得很好呢！"

"你是怎么做到的？"

"我没有刻意去做什么，我只不过是明白了一个道理。"

"什么道理？"朋友瞪大了眼睛问我。

我开始把自己这段时间学到的以及自己内心的变化过程说给朋友听，她听得全神贯注，也向我表达了她的困境。

原来，这段时间，她的家庭气氛不是很和谐，她的孩子辍学了，一家三口都被这件事搞得忧心忡忡，可是具体的问题还没等解决，家里的每个人都被负面情绪左右了，频繁的争吵让他们身心俱疲，更多的矛盾和更多的心理变化也因此被激化，这才有了她如今这副令人感到担忧的模样。

"这个道理很简单，与其去外面索求爱，还不如自己爱自己。"我对朋友说。

朋友不解地问："爱自己？就是活得自私一点儿吗？有什么好事都只顾自己？"

"不是这样的，你要先把注意力从控制别人、要求别人，转移到看见自己这件事上。看见自己的生命状态，更关注自己的真实需求和想法，也看见自己有多少对自我的不接纳，又是怎样虚伪地、硬撑着去迎合别人的感受的。当我们不断看见自己的时候，我们就学会了爱自己。从心里开始自我接纳。"

"我还是没太明白。这样一来的话，父母、孩子、亲人……那么多重要的人，就什么都不管了？"

"不是'不管了'，而是要在照顾好自己的情绪、需求的基础上去爱他人，也只有这样，才能真正无条件地去爱他人。"

那次对话之后，我为朋友准备了一份礼物：一个精美的镜子。我跟她分享了一个跟自己对话的小妙招，让她试着通过这面镜子观察自己，专注地观察和感受自己的内心，并尝试跟镜子中的自己对话。

"试着这样：看着镜子里的自己，对她说'我爱你'。"我这样嘱咐她。

朋友将信将疑，对她来说，这举动或许显得有点儿"玄"，有点儿"神经质"，但她还是接受了我的建议，因为她信任我，发生在我身上的重大转变就是最好的例证。

三天以后，朋友打来了电话，她说自己已经开始尝试我教她的方法了——照镜子。而她看见镜子里的自己是冷漠的，那似乎是一种平静，可那种平静十分空洞，没有任何底气和活力。就像一块枯木，那样的面容，那样的眼神，让她自己都感到惊讶、害怕。她似乎也没有勇气对镜中的自己说出"我爱你"这样的话。

对于这样的现象，我并不感到意外。当一个人内心充满伤痛时，她往往是麻木的、自我封闭的，所谓看见自己，是看见自己对自己的不接纳、不认同，看见自己的伤痛和隐藏。

人如杯，爱如水。

人没有学会爱自己时，杯中的水匮乏，自然无法给予爱，反而过分地渴求他人的关注、反馈，此时，即便再亲密的关系，也容易变成了一种爱的较量，爱的争夺。身处关系中的人不去爱自己，将自己极其有限的"水"一股脑地注给他人，实际上是在期待他人也能将水注还给他，一旦他人没有如此做，痛苦、埋怨、不甘就生出来了——"我爱你了，你凭什么不爱回来呢？""我对你这么好，你怎么可以不作为呢？"不懂得爱自己的人就像个小宝宝，他发出的种种信号——哭作喊闹——无非是在索求爱的回应，以此印证自身的价值。

反之，当"水杯"丰盈时，他不再需要外在事物为他注水，无条件的爱才应运而生，此时，他将放弃掌控，允许他人做自己，允许云彩之为云彩，河流之为河流，残缺之为残缺，而不是期待事物变成他以为的样子，做出他期待的反馈。智慧一旦开启，人将感受到，幸福就在内心当中，就在当下，不在"过去""未来"这两个缥缈的时空，也不靠外物驱动。不再期待别人以你认识世界的方式认识世界，不再期待"你好"一定要得到"你好"的回馈，不再期待给予爱之后要得到所谓"爱的回馈"。

过多的期待是一种掌控欲，更是因为自身的匮乏，他需要外部世界迎合他，为他"注水"，他才能体会到自己的重要性。

闺密的变化

第七天，我和闺密重新碰面。她说，自己一开始真的没办法说出"爱自己"这样的话，她陈述了自己的心路历程。

"有时候，看着镜子里的自己，就那么傻愣愣地站着。我内心的第一个感受仍然是：我不接纳你，不喜欢你。可是，这样的想法变多了、加深了以后，我仍然是很不好受的，我想到自己曾经的样子，跟现在判若两人，曾经我那么活泼、快乐，现在却好像是个活在阴冷牢房里的囚犯，我还是会忍不住流眼泪。后来，当我努力尝试把'我看见你了''我爱你'这样的感受说出口以后，过去满脑子的无奈和怨恨，好像慢慢疏解了。虽然问题还在，痛苦也在，但它们不同了：过去，它们被锁在阴冷的密室当中；现在，它们却像来到了阳光下，被照耀、被抚摸着。"

朋友接着说："有一段时间，我变得自我封闭，主动疏远了我的家人、朋友，总是不想待在家里。可自从你送了我那面镜子，我开始对着镜子进行自我对话之后，一切都开始改变了。我开始笑自己：'怎么那么傻，那么执拗？'你说，这些变化是怎么回事呢？一个简单的照镜子，就让我感觉重新活过来了，这太不可思议了。"

我告诉她："镜子只是一个表象，真正的变化，源自你开始接纳自己的命运了，开始接纳挑战和自己真实的经历了。"

从此，朋友开始更频繁地跟我分享接纳自己的过程，比如，她接纳自己"把饭烧煳了这件事"和"孩子的无理取闹"这样的连锁反应，过去，面对这些事时，她一定会感到焦虑和委屈；可现在，她开始笑着应对，不再让不好的情绪冒出来。

那个阶段，她的孩子非常叛逆，辍学在家，谁也劝不动，她们家为此花了高额的补课费，这让朋友感到非常不值得；可是现在，她开始接纳孩子用这样的方式过自己的生活。有时候，孩子无端发脾气、摔东西，她不再一味责怪，而是心平气和地跟孩子沟通并尝试反思：孩子的表现是在告诉我什么呢？我还需要接纳哪些事？

"孩子的外在表现，就是父母的内在样貌。"我这样跟她说。

"还真是这样！"说到这儿，朋友变得兴奋起来，"孩子最近的变化挺明显的，有几次，他竟然主动跟我说：'妈妈，其实你很漂亮的。'我听了别提心里多高兴了，我家孩子好像很多年没有跟我这么亲近过了，平时不跟我作闹已是万幸，现在反倒主动赞美起我来了。"

"你知道吗？我们自己是因，外在呈现的是果，当你自己发生变化的时候，你周围的环境就会发生相应的改变。"

"我一直在按照你说的，把情绪的按钮放在自己的手里，而不是把它随便交给别人胡乱操控它。我发现，当别人影响我的时候，我是有选择空间的，我可以让情绪爆发出来，但也可以平静地接纳，一旦我选择接纳，我就能更清楚地看到对方的内心，能更清楚地明白，他的一切表达都源自他自身的伤痛。当我学会这样看待、理解事情的时候，我变得更平和了。

"我开始明白我家孩子情绪问题的源头。初中的时候成绩是很优秀的，考试总是拿好名次。后来上高中了，一次考试失利，他的名次下降了很多，就是在几次这样的失利以后，他的自信心受到了严重的打击，所以后来才那样哭着闹着，不想再念书了。"

再次和闺密重逢，是在不久后我自己主讲的公益课堂上。

她又变回了曾经那个光彩照人的她——我记忆深处的那个样子。那天，她穿着一件得体的职业套装，戴着设计独特的发簪，一颦一笑都吐露出温婉。我甚至没有立马认出她来，当她的身影出现在我的视野当中时，我只觉得眼前这位女性让我眼前一亮，她竟然那么优雅、迷人，我花了好一会儿才认出她竟是自己的老朋友，我真为她的变化感到惊喜！

"因为我慢慢明白了如何活出自己，活成自己想要成为的样子。不再担忧他人的眼光，也不再用批评、指责回应那个曾经被我视为'麻烦的根源'的孩子，我不再期待孩子会成为我个人理想的样子，这是他的人生，我允许孩子做他自己，这份允许让我变得无比清醒和放松。我想，对他最好的教导，应该是我以身作则，把自己活得绽放，把自己美好的姿态呈现出来……"她落落大方地在课堂上分享着自己的心得体会。

正是因为这样的认知和行动，她孩子的状态也变得越来越好，过去的对抗、叛逆开始在她的接纳跟支持当中软化，她爱人也因为母子俩的转变松弛下来，听说他变得恋家了，总是想利用一切机会多跟母子俩亲近，多在家逗留一会儿。

"我是一切的根源"

　　闺密的故事告诉我们，如果一个人不能专注于自我，仅仅被外部的信息牵着鼻子走，那他将如一棵随风摇摆的芦苇，永远不能安定，因为外部世界的能量是复杂的、多变的、无常的、充满矛盾的。想象你的心被各种不同的观点、立场、决策反复拉扯的模样，你到底要去向哪里呢？会去向哪里呢？

　　爱自己并收回你内心破碎的能量，这就是一生的修行。

　　我试着问自己：我破裂的婚姻在告诉我什么？我父母的争吵在告诉我什么？企业的亏损在告诉我什么？我把这一切都作为自己成长的养料，每一份成长都收回了自己破碎的能量，这就是不断地接纳那个不完美的自己的过程。

　　太多人被他们所在圈层的主流价值绑缚着，天然地依附着环境塑造的是非观和使命感，却很少把自己作为一切的根源，试着感受什么才是自己这个个体真正需要的。认为自己必须"成功"的人，或许连成功是什么都没有深思过，就莽莽撞撞地奔向一条路，劳碌半生，才发现自己与心愿背道而驰。

　　将香车宝马当作终极目标的人和将"读尽天下好书"作为终极目标的人别无二致，他们为物所累，将手段当成了目的。如果此时你尝试追问，"有了宝马香车呢？""读完了天下书呢？"如果那时，你的生命状态来到了叔本华"钟摆理论"中"无聊"的那一端，你又将如何自处？难道一死了之？

　　"有宝马香车"和"读完天下书"作为一种结果，只发生在一个瞬间，而你真正需要的是它们带给你的感受。可是，有没有这样一种可能：你苦心追求的那种感受，实际上已经在你的内心当中，不需要任何外物的加持就可以获得？有没有这样一种可能：你苦心追求的那种感受，只是被这样那样的欲望遮蔽了？

面对死亡的时候，我重新审视自己曾经用生命捍卫的东西，竟发现他们就像一件棉布衬衫似的可有可无。

艺术家约翰·列侬讲过这样一句话："所有事到最后都会是好事。如果还不是，那它还没到最后。"我深以为然。人在事中，被事支配，惶惶不可终日，时移世易后跳出事外，再多辛酸疾苦也能淡然处之。这是很浅显的道理。

学会爱自己之后，我更能明白此生所有经历都是指向"爱自己"这一课题的，回看过往的诸多疾苦、考验，不再有委屈抱怨，只有感恩。我认识到，是我内心的伤痛催使对方对我做出某种动作，是我把他们邀请过来这样对待我的，"我才是一切的根源"。

了解自己、接纳自己、欣赏自己、感恩自己，真的好爱我自己——就爱我自己的本来样子。

开始修行和研究心理学以后，我学会了另一件重要的事：无论外部世界发生了什么，都先向内求。因为是我的内在创造了这一切。我开始认真审视自己内在真正的诉求是什么，它正在试图创造什么。我也意识到：我真正需要的，只在我的内心当中，我的内在都可以提供、满足，我专注于自己不够丰盛的部分，疗愈那些还未痊愈的伤痛，回收自己的力量。

把爱传出去

在我的引导下，一些人的家庭关系、生命状态发生了不可思议的反转，越来越多的人开始明白了一个道理：大家一直以来孜孜以求的事业成功、家庭幸福、内心富足原来并不难，只要你学会"爱自己"，这一切就可以实现了。

爱自己，不光是一个让自己发光发热的"升维"过程，它同样具有社会意义。每个人学会爱自己，就是在爱身边的人，在为子女亲朋造福，在爱这个世界，是对大集体的贡献。

互联网时代，万物共联共生的本质进一步凸显，世界就像一个网络，不光每台电子设备是一个终端，每个活生生的碳基生命何尝不是一个"终端"呢？如《无量之网》一书中所说的那样，一个人"震动"的时候，世界这一整张网也随之"震动"，正向的信念、正向的作为，无论作用大小，反馈快慢，最终都会为世界带来良性的影响，而这样的影响会如浪潮一般渐渐推移、堆叠，以不同的形式波及更多生命。每一个善念、每一份爱都会对世界产生不可估量的作用。

传统文化中讲"修身齐家治国平天下"，我想，"平天下"就是指个体对世界的贡献和影响。

于是从 2011 年我开始做公益课堂，自己花钱准备课程物资，自己出场地，自己买茶点，目的就是为了帮助更多身陷痛苦中不能自拔的人获得新生，走出绝望，迎来生命的醒觉，活出内心的喜悦。更重要的是，我想通过这个公益课堂去培训一批相关的人才，希望学有所成的他们最终能像我一样去帮助更多有需要的人，我一个人的力量毕竟是微薄的，只有大家一起去努力，才会让这份爱更广泛地传承下去。

那时我心里持有一种执念：我一定要做公益，不能收钱，如果收了钱，就违背了自己助人的初衷。

然而，我渐渐发现了"公益课"的弊端。那段时间确实有不少人参加我的活动，但我发现他们当中的大多数人并不是为了学习而来的，而只是为了解决自身临时发生的情感问题来的，两口子吵架的、婚姻破裂的，因为一点儿小事心情不好的，到我这儿上了一两节课，一听，一乐，当下心情好了，大约就不会再光顾了。公益课堂完全变成了一个"情感调节室"，没收到一位"好学生"。因为课堂的公益性质，反倒很难物色帮手。我百思不得其解，明明这么珍贵的学习机会，怎么白给也没人要呢？

一个朋友的话及时点醒了我，他说，只有当他为一件事付出高昂成本的时候，才会觉得这件事可贵，需要认真面对。

唉，这么简单的人性悖论，我怎么就没想到，看来还是我过于理想主义了吧。

想要实现我的初衷，不靠商业化运作是解决不了问题的。在这位朋友的帮助下，我开始了简单的商业化运作，还特意从深圳请来一位管理人才帮助我们，这位朋友商业嗅觉灵敏，在沿海城市摸爬滚打多年，谙熟许多管用的、前沿的运营模式，可是，当他把基本的布局计划呈现在我面前的时候，我还是没办法接受。说实话，他的方案非常完备，此时，如果我还保留着"将"的思维，那我大概会跟他一拍即合，我也相信，一旦执行他的方案，我的课堂会非常火爆，获得商业上的成功。可是，这与我的初衷是背道而驰的，我想要找到跟我志同道合的人，找到那个将爱置于一切利益之上的人。

我没有采纳那位朋友的方案，他也无奈地摇摇头，和我分道扬镳了。第二年，由于特殊原因，平台无奈之下暂停了运作，一切暂时搁置下来。

而我的心里一直有一个声音告诉我：我想找的那个人一定会来。

2023年，我重遇了一位老朋友，十几年前我们就见过面，只是交集甚少。

过去一段时间，他在长春创办了一家女性学苑，他对心理学和心智训练都有深入的研究。我亲自旁听过他们学苑的课程，印象极好。

和他见面的时候，正赶上他的生活和工作遭遇了一些变故，他的情绪和身体状态都不太好。于是我帮他做了几次疗愈，对他的内心进行了深度挖掘。几次疗愈下来，他对我疗愈的方式和效果感到惊讶，他说：金辉老师，您这不是通常意义上的心理疗愈，您的疗愈已经可以帮人去到"生命的觉醒"这个层级了。

我很清楚他在说什么，因为我的疗愈在对人的潜意识作用，可以帮人转换信念，信念的转换是人自我救赎和自我重塑的重要前提，从本质上讲，我的疗愈，是对人心智模式的训练。

他当下邀请我和他的平台进行合作，"你让我花多少钱都行。"他如此表示，真诚恳切。

我由衷地欣赏他，也很看好他的平台，然而钱不是我在意的，谋一件事，我最在意的是发心。如前面所说，我要找的，是一个将爱置于一切利益之上的人，这不是一句挂在嘴边的漂亮话，如果你将爱置于一切利益之上，你工作上的诸多重大决策，都会以此种价值观作为导向，要做出相应的取舍，这是不容易的。

于是，我问他做这家平台的初衷是什么。这一问，他也一时间陷入迷茫了，"是呀，我的初衷是什么呢？"他开始用心体会这件事。

我试着帮他梳理，问他："是赚钱吗？"

他说："赚钱是一定的，可这好像不是我的初衷。"

"是不是未来想成为一个大老板、公众人物，有财富、有名气、有社会影响力的人？"

"那当然更好，可那好像也不是最重要的。"

"那，最重要的是什么？"在我俩漫长的对话中，这个问题我大概问了他四次。最后一次，他终于想通了，他说："其实，我是想去服务这些生命，这是我这辈子最想做的事。"

他这句话一出口，我就明白，跟他的合作可以促成了，我们是同路人。

在糖萌萌女生学苑的公益课上

　　那次以后，我和这位同路人的合作就顺利地展开了。在写作这本书的过程中，我已开始为女性学苑的学员们讲授课程，所谓教学相长，在面对课堂上一个个不同的生命时，我与她们展开深入的能量交换，看见她们逐渐从过往的创伤和禁锢的模式中走出来，露出笑容，迎来"新生"，我感到幸福，而这互动也促使我持续看见自己、接纳自己、爱自己。

　　写作这本书的想法，也是在这一期间萌发的，我想，写作无疑也是一个与自己对话的过程，恰好回应了我青年时"下笔难"的过往。那时候，我心里无比羡慕我的爱人，羡慕他懂文辞、通古今，羡慕他出口成章，我想，如今这个终于可以写下一本完整著作的我，一定也受到了他当初无形的激励和影响，"过往一切，皆成今我"。

这么多年过去了，我改变了许多，成长了许多，如果说有哪个部分是一成不变的，那大概是，我仍然如患癌症期间躺在病床上那个逗得病友捧腹的我一样，觉得"活着真好"。

是呀，活着真好，生命真美，世界真美。渺小的我，出于一种说不清是偶然还是必然的原因，来到了这个世界，见证了，体验了，并且正在走向一种完满。我相信正在阅读这段文字的朋友们，也一定会逐渐走向完满。

生活是一场试练，一次修行，它从爱自己开始，以爱自己为目的。因为，你的生命和这个世界上万千的生命紧紧相连，你是一切，一切是你。

行走吧，我的朋友们，大胆地行走。我永远与你同在。

爱吧，我的朋友们。愿你永远爱着，也永远被爱。

第八章

如何爱自己

爱自己，做自己最忠实的伙伴

我的一个感触是，一切的自我提升，最终都指向"自我疗愈"和"自我陪伴"这个结果。

我斥巨资学习相关课程，做了二十几年的探索，培养出的最重要的能力，就是检视、管理和疗愈自己的内在，学会爱自己。我深切希望本书的读者，也可以学会在不过分依赖他人的前提下，完成自我梳理、自我疗愈。修行，最终仍然会回落到自己与自己的对话，如果过分依赖外物——包括疗愈师这样的角色——则仍是向外求。

个体与个体之间千差万别，而最了解自己的人一定是自己，找到最适合自己的一套疗愈手段，自己做自己的疗愈者。

我有一位女性学员，是一位饶有财富的生意人，我们第一次见面的时候，她以近乎炫耀的语气对我说，她曾经请过一位疗愈师，那位疗愈师总共陪伴了她四千多个小时。说实话，我为她的这段经历感到震惊。有财力的人，尚可用此种方式对话自己的内心，可天底下有多少人，有这位学员同等的财力和精力，能支持他们去找一位疗愈师，陪伴自己几千个小时呢？

她的这段经历反映出一个社会上普遍存在的现象：绝大多数人缺乏自我疗愈的能力，也缺乏自我疗愈的意识。正是这个事实，激励我要将疗愈的方法更好、更广泛地传播出去，让尽量多的人更好地学会自我疗愈。

通过多年的学习，我慢慢总结出一套和自己对话、对自己进行疗愈的手段，也是我在自己的课程中普遍使用的一套工具，我将自己从不同领域、不同老师那里学来的方法、理论以及自己的实践进行结合。

我会在每一次的自我疗愈当中，一次又一次地看到一个崭新的自己，一个更不一样的自己，还有一个更好的自己，前行的方向在一次次疗愈中逐渐清晰、开朗起来，信念越发笃定，不管世界如何纷扰，无论外界肯定我还是否定我，我都知道自己的路在哪儿。或许这就是所谓的"宠辱不惊"吧。

其实，这种听上去高深莫测的心理状态，恰恰来源于人对自身的了解——"人因了解而慈悲"。当我不断地深挖自己的时候，我发现了我内在的伤痛和信念，我知道，自己的行为是被它们驱使的。

曾经的我，不会爱自己，没有歌曲中那株"小草"的悠然与放达，我那么高傲，什么事都不甘人后，身上充斥着"斗性"，其实"我"哪有那么重要？高傲不过是恐惧的保护色罢了，恐惧被伤害，恐惧被轻视，恐惧被忽略。伤害、轻视、忽略——那首歌里的小草有这些感受吗？它没有。反思一下，什么又是伤害、轻视、忽略？为什么你会感到被伤害、被轻视、被忽略？为什么同样一件事，作用在另一个人身上，他就感受不到伤害、轻视和忽略呢？

想来，伤害、轻视、忽略，种种感受——甚至包括许多正向的感受，多是被他人定义的感受，是被某些规则跟观念驯化了的，一旦你认同了这套观念和规则，一种自动化反应就会在你的身体中慢慢地生成。

一个人，每天吃得饱，睡得好，有事做，本来很幸福，可是，如果这时候身边的人都冒出来告诉他：你这样活是不对的，比如"你太穷了"，或者"你穿衣不够有品位"，一旦他把这些评价当成了衡量自己的标准，那他的幸福就面临着威胁，什么是穷？怎么穿衣算有品位？

不难发现，这一切感受无非来自于比较，而比较源于内在的不圆满，你比我有学历，他比我有才华，谁又比我更懂待人接物……比较的过程也是一个迷失自我的过程。

当你学会爱自己之后，你将不再趋炎附势，也不再目中无人，不再用光鲜的头衔装点自己，不再动辄就谈"谁谁谁是我朋友"，此时的你，明确了自己的价值，由衷的自知、自足，不卑不亢。

"别人眼中的你未必是你，你眼中的别人，一定是你自己。"

当你有一双发现美的眼睛，自然会见证更多的美，而如果你提前定义了这个世界的本质是悲剧性的、虚无的，那么你自然会找到无数证据去印证自己观点的正确性。每个人都活在他所看见的世界中，而每一种见解，本质上都是一种偏见。

我的青少年时期，作为家里的小女儿恃宠而骄。记得哥哥结婚的时候，特意嘱咐嫂子，说："来了我家，怎么都行，就是别惹我妹妹，她是我们全家的宝，连爸妈都让她三分。跟她处不好，她让你吃不了兜着走。"

或许是因为哥哥的提前"预警"，嫂子自从嫁给哥哥开始，就对我格外好，当时我家的经济条件优越，我又是家里"把钱"的。当然，我也想跟嫂子搞好关系，自己有了什么好东西，也不忘给嫂子带一份，名牌衣服、首饰，好吃好喝，我和嫂子出双入对，亲如姐妹。

然而，我把所有人对我的亲密和谦让都当作理所当然，当作他们对我本事、才华的敬仰，于是更加蛮横跋扈，全不自知。这也是疾病带给我的另一重启示：疾病为什么降临？可能因为我太"锋利"了呀，既然你那么厉害，谁都治不了你，那让疾病来治治你吧。

自从那以后，我开始变得谦逊，我学会了"臣服"，臣服于自然，臣服于每一种遭遇，臣服于身边的每一个人。当我臣服于一切的时候，我对任何事物都没有了评判。

说到这里，我们不难发现，爱自己，做自己最忠实的伙伴，最重要的前提是，先要爱好自己的身体。因为身体是生命的载体。

爱自己的身体

爱自己不仅仅是信念层面、抽象层面的事，更在于那些看得见、摸得着的地方，比如爱自己的身体。饮食起居、坐卧行走都要力求健康，人的身体如同一张信用卡，透支掉的健康是一定要以同等的甚至超额的代价归还的，古今中外概莫能外。

身体出现异样时，它会向你发出警告和求救信号，一如嘴里没味道、排便不通畅等"小事"，都是一种预兆，须好好应对、及时调节，断不能因为懒惰和傲慢选择忽略。挣再多的钱，有命挣，没命花，才是最大的悲哀。

年轻时，我仗着自己年富力强，吃饭不及时，睡觉不及时，再重、再累的活儿也愿独自勉力为之，当时不以为然，实际上，身体的账本早把这些超支的动作如实记录下来了。

做金碧大饭店那些年，我身上的求胜欲尤其旺盛，为了生意透支自己，在附近一带呼朋唤友，和有威望的人往来唱和，包括跟虎哥的对峙结束以后，跟他们团体打成一片，这都是在争取一种做赢家的快感。我把成功看得过于重要，有一种"但求成功、不怕累死"的豪情壮志，听起来倒是蛮激情的，可是健康没了，成功又有什么用呢？

你搞我？哦，那我就搞回去。用钱、用武力还是用脑子，总之，我非要胜你一筹。

这也是一个往我自己身上贴标签的过程，我必须向自己和外界证明，我是一个"成功的张金辉"，是一个"打不倒的张金辉"，是一个"永远第一的张金辉"……

但实际上，在给自己贴标签的过程中，我丢掉了本质性的东西，于是疾病骤然降临，让我不得不来一个急刹车，停在原地，认真体味生命真正的内涵。

这次"刹车"，驱动我的生命朝一个新的方向行驶。我深深地意识到自己对身体的亏欠，它甚至比我的父母亲朋更加爱我，因为在我有限的生命历程中，只有它一刻不停地陪伴着我，承载我的一呼一吸，不错过我任何一次坐卧行走、喜怒哀乐。

在这里，我想要参考一本对我意义重大的书——《中国居民膳食指南》（以下简称《膳食指南》），来谈一个概念，叫作"健康的四大基石"。四大基石包括：饮食、睡眠、运动和情绪。

从饮食开始说，《中国居民膳食指南》提倡饮食的多样性，其中提到一个标准，是每周吃的食物要超过二十五种，每一天要超过十二种，即摄入食品的广泛性。除母乳外，没有任何一种食物，可以满足人体所需的全部营养。人体必需的氨基酸有八种，饮食的多样性、营养的均衡摄入，能够满足人体对八种氨基酸的需求。

另外，饮食需要规律性，比如三餐的时间，要尽量保持在稳定的时间段摄入，波动范围尽量缩小，如此，我们的生物钟才会记忆这些时间，令身体分泌出如"胃酸""胆汁""胰液"等帮助消化食物的物质。如果骤然改变饮食规律，比如一个人往常在中午十二点左右吃午餐，而今天偏偏迟了两个小时。那么问题就产生了：上文提到的那些分泌物会照例分泌，而肠胃是空乏的。这些原本帮助消化的分泌物"无事可做"，就会对身体产生负面影响，比如胃酸，积累过多时会伤害胃黏膜。这就是食物的摄入量和规律性的重要之处。

如果营养的摄入不够均衡，就很容易造成隐性饥饿，餐餐碳水、高油高糖、大鱼大肉，饱腹感有了，一时的满足感有了，可身体所需的营养素仍然没有得到补充，维生素、矿物质仍然缺乏，这就是所谓的"隐性饥饿"。隐性饥饿如果长期得不到解决，危害很大，比如很多情绪方面的问题，实际上就是隐性饥饿带来的。

我曾经帮助很多有严重情绪问题的朋友进行情绪调整，我有一位来自山东的学员，一度有过轻生的念头，她向我求助后，我通过对她的调查、研究，发现她的身体长期处于"隐性饥饿"的状态。而我"疗愈"她的一个重要方法，是引导她按照一定的规律摄入维生素B族，同时配合心理治疗。中医讲，肝主情志。肝功能一旦瘀滞，就会引发情绪的问题，从这个角度来讲，针对肝脏的营养素补充，是重中之重。B族主要针对的器官是肝脏，它有助于肝脏的造血排毒，而肝脏被称为身体的"大总管"，造血排毒的能力加强以后，身体的代谢能力增强，人的肌理也会发生良性的转变，身心状况自然会朝良性的方面转变。

在这位学员吃到一百五十片左右B族的时候，跟我进行过一次交流，这次交流印证了她内心状态的质变。此前，这位学员无数次驻足于家附近的小桥上，她跟我分享说，每次站在桥上，她的脑袋里都充斥着"到底头先着地还是脚先着地"等诸如此类的问题，可是这一次，她惊喜地发现，自己脑海里的念头不一样了："这里的风景如此美妙，我过去怎么没有发现？"她如是说，清风抚弄她的发梢，阳光温暖她的身体，她的身体忽而一阵酥麻，竟兀自落下眼泪来。

"我觉得这个世界很美好，活着也很好。"那位学员这样对我说。

那以后，她的状态日渐好转，过了一段时间，她停止了抗抑郁药物的服用，身心状态也极大地好转了。我并无在此鼓吹自己的疗愈手段或B族这种营养素的意思，但上述案例在我的疗愈中时常可以见到，我想，适配的营养素的补充在其中起到的作用一定是至关重要的。

健康的第二大基石是睡眠。

改善情绪的另一个有效手段是睡眠。缺乏睡眠和睡眠的低质量是现代人的普遍问题，我们要形成一个规律的作息时间——和饮食一样，如果身体的生物钟被打乱，不光对身体的负面影响大，再调整也会变得相对艰难。

中医讲，子午流注，在子时和午时入睡是上好的选择。为了适应现代化的生产生活，现代人的睡眠时间无法严格遵照这个标准，那么我建议找到一个相对稳定的规律，即便晚睡晚起，也尽量不要轻易打破你已经养成的那个让你感到舒适的作息规律。

很多人的这种深层次修复是在睡眠状态下实现的。

健康的第三大基石是运动。

运动并不特指高强度的运动，高强度的运动会带来剧烈的消耗，它需要相对独特和体量较大的补充。这里所谓的运动，是让人的身体达至三个"微微"，即"微微气喘""微微出汗"和"微微疲劳"。当三个"微微"发生时，我们的身体循环就被打开了。

当然，每个个体在不同时期、不同状态下所需的运动类型和运动强度都是有差异的，长期不运动的人，可能跑几步就"三个微微"了；而日常坚持运动的人，则需要更久或更强的运动，才能达到"三个微微"的状态。具体怎样做以及做什么，要安排在合理的范畴之内。

健康的第四大基石是情绪。

我们要学习如何觉察自身的情绪，"看住"自身的情绪，看到情绪的背后是一份"礼物"。

情绪的释放有多种多样的方法，而我们在生活中常常看到的"乱发脾气"往往会伤人伤己。

呼吸的空气，是气体的能量，喝下去的水是液体的能量。人体也是一个大的能量团。每个能量团，都在日夜不停地和整个世界、整个宇宙做能量的交换。睡眠补充能量，清醒时消耗能量。能量的频率决定着一个人的能量品质，如果一个人消极、悲观，能量频率就低，跟他相处，周遭的人也会感受到压抑。反之，积极、喜悦的能量让人感到放松、舒适、清明。

能量守恒是能量交换的底层逻辑，你为一件事付出多少勇气、多少力量，你就消耗了同等的能量。

人类的情绪，也是调动能量的工具。情绪发生的时候，内分泌系统会产生相应的那些激素，激素融入血液，再去调动相应部位的技能，以达到某种目的。

比如，女人感到害羞的时候，双颊泛红，被形容为"面如桃花"，被人认为美。实际上，这是血气向上流动的表现，脸颊泛红，更凸显出她的娇嗔可爱，目的是吸引异性的注意。再比如，愤怒的情绪调动出的能量，目的是提升气势，让人尽快进入备战状态。如此一来，做事情的成功率才会有所提升。这种基因记忆早在远古时期就已形成，但是随着文明的发展，生存环境越来越安全，高强度的战斗状态已不再是人类生活所必需的，我们被"愤怒"这种情绪调动出的能量也就少了，那剩余的能量去哪儿了呢？答案是：它们会重新回归你身体中。任何被情绪调动出的能量，没有完全释放的部分都会返还回去，对我们的身体造成相应的影响。某种能量在体内沉积过多，得不到释放，相应的疾病就应运而生了，比如中医里面讲"怒伤肝"，就是这个道理。

人体的细胞里留存着 DNA 信息，DNA 信息一代一代传承下来，"累生累世"地延续着。在《身体简史》中，作者向我们介绍说：每一个活着的 DNA 信息里面都记录了长达三十亿年的信息。

爱自己的三大步骤

爱自己的第一步，是看见自己。

什么是看见自己？我想，首先要跳脱出自己所扮演的角色，清楚地看见自己在做什么，为何而做。

太多人处在自我迷失的状态里，被莫名的力量推动着，被动地缔造了今时今刻的命运。这种莫名的力量，可能来自学校的教育、父母的影响、社会的规训，这种力量驱使人们去做"应该做"的事情，"为父母的期许而活""为孩子的幸福而活""为出人头地而活"……一旦你沉浸在这些故事中而不自知时，迷失就发生了。

我的一位学员在孩童时代看见自己的父亲因为财务问题跟邻居发生口角，父亲被邻居打了一顿，家里却因为交不起诉讼费，无法替父亲申冤、讨公道。这一场景在这位学员的潜意识中埋下了一颗种子：长大一定要学法，当法务人员。

这位学员倒是争气，他长大以后，的确成了法学高才生，毕业后也顺理成章地选择律师作为职业。

然而在跟我的对话中，他却为自己的职业身份感到深深的疲惫，内心中生出了许多无力感。原来，他自身对法律并没有那么浓厚的兴趣，而行内人都明白，法学的繁复和艰深又是需要投入极大的精力，想要达到这位学员的职业成就，背后的辛苦自不必说，可经历了求学、考试、从业这漫长而辛苦的历程以后，他每天却活在一种疲于奔命、找不到意义感的状态里。这有点儿可悲，对吗？

道理很简单，律师固然是伟大的职业，但究竟是他想成为一个律师，还是他想成为父亲的守护者，这才是他职业选择或者说生活的核心问题。

看见自己，就是能够做到内观，认真审视自己的心，而非随波逐流，将某种执着的情结当作人生的核心追求。

人们为各种各样的人和事物而活。有些人自诩为父母而活，因为"妈妈吃过苦""爸爸不好过"，所以我要以他们的幸福为目标，牺牲自己、透支自己；有些人为钱而活，搭了半条命也要拼个盆满钵满；有的人为孩子而活，日子过不好，工作做不完，也要看着孩子、管着孩子，把一切精力都压在孩子身上，望子成龙；更有为伴侣而活的人，茶不思饭不想；为"兄弟""场面"而活，死要面子活受罪；有些人为权力而活，退休前是领导，管着几号人，杀伐决断好不痛快，一旦退下来，日子都不会过了，深陷在迷茫空虚之中。

这种种一切，都是执念，都是被控制、被占据的表现。

成瘾行为也是同样的道理，有些烟瘾者、酒瘾者，必须在尼古丁和酒精的作用下才能短暂地放松下来，卸下内心的负累，这是一种跟自我缺乏链接的表现，而真正的看见自己，是不需要依赖诸如烟、酒这些强刺激的。

一些过激的情绪跟性格，同样源自"看不见自己"，是一种自我迷失的表现。强烈地渴求他人的赞赏，无法抑制自己的愤怒，或者傲慢、狂妄的处世姿态，人们实际上是在通过这种手段强调"我"的地位，"我"的重要性。他们太过渴望被看见，可是，最该看见他们的人，实际上是他们自己才对。

迷失自我的人感受不到自己的存在，往往需要通过比较才能明晰自身的作用和价值，遇强自卑，遇弱自负。"上知天文下知地理，中间找不着自己"难道不是一种很痛苦的状态吗？

接到朋友的回复以后，我尝试引导那位朋友，让她鼓起勇气把自己的内心感受告诉镜中的自己。这正是一个帮助她"看见自己"的过程。

第四天，朋友又打来电话，她说，自己开始对着那个虚假的平静的自己表达了爱意，而"我爱你"几个字说出口后，她开始止不住地哭泣。那一刻，她感觉自己"活过来"了，那份虚假的平静松动了，内在的能量似乎开始流动了。

爱自己的第二步，是接纳自己。

在这里，请允许我使用一个或许不是那么恰当的词汇：藏污纳垢。人字的写法是一撇一捺，很多人努力把较长的那一"撇"展示给他人，把那小小的"捺"藏起来，如此只活了"半个人"。人是多面的，有阴就有阳，有好就有坏，有对就有错。可是，谁愿意将俗约当中"坏"的那一面展示出来呢？

接纳自己，意味着接纳自己的阴暗面、龌龊、自私、卑微、小气等特性——接纳自己的所有，自己的全部——承认自己不够好，承认自己不是完美的，接纳自己"是我所是"，也就是我在上文中提过的那样，接纳自己是一个"立体的人"，接纳我的心碎、孤独、缺乏归属感。当然，也如我在自己的故事中所做的那样：包括接纳自身的性别。

人对自己的不接纳，来源于环境对自己的不接纳。说到性别问题，很多女士打出生那一刻起，就获得了"冠男""胜男"等一类昭然若揭的"男权名讳"，她们对自己的认识，从很早开始，就受到了这些名字的影响。为什么要"胜男"？因为你本身"不如男人"啊……好嘛，这种观念，让许多女性朋友打一开始就有了"低人一等"的感受，这种观念我是万万不提倡的。

同时，需要提醒各位读者的是，接纳自己的阴暗面并不意味着要纵容自己一味阴暗下去，更不意味着要触犯法律。接纳自己，是让自己进入放松的状态，放弃伪装和遮掩，一个人不接纳自己时，为了维护他自以为"应当"或"本有"的那番模样，反倒需要耗费很多能量，才能勉强支撑那虚假、脆弱的自信跟自洽。只有接纳了自己，才能真正地平和、放松下来。接纳了自己，人才能收获选择权，选择活出更好的自己。如果一个人不承认自己本来的样子，不承认自己的缺憾和不足，自欺欺人，那转变也只是无稽之谈。

许多人性阴暗面的背后，实际上是创伤，是一个"故事"，是孩童时期的某个事件促使人形成的态度。人害怕重历此事，故要自我保护。

而接纳自己，也是一个重要的自我疗愈的过程。人有勇气承认阴暗面是自己的一部分，也就获得了主动权和选择权，正是因为进一步知道了"我是怎样的"，人才能够选择是否继续这样，或者，切换成其他"样子"。

与此同时，接纳自己的人也可以对外部遭遇进行更好的判断和选择。选择这样的恋人，还是那样的恋人？选择这样的生活，还是那样的生活？做了相应的选择，完成相应的体验。

接纳自己的一切——无论性别、好坏、对错，接纳自己的过去，自己的外在，接纳自己的出身、个性，毫无保留地照单全收，全盘接纳。

多年的修行，让我逐渐感受到，接纳和"允许"是一种高级的智慧，当你允许的时候，你就能泰然自若地将自己放在"被攻击者"的位置，因为你足够强大、足够放松、足够自洽。

完成对自己的接纳以后，我们便走出了迷失的状态，放弃了纠结和抗拒。接下来，就要选择成为怎样的自己了，也就来到了爱自己的最后阶段，所谓"活出自己"。

爱自己的第三步，是活出自己。

我一直觉得，那些活出自己的朋友，都是世上唯一的、最独特的花朵。我向来喜欢蒲公英的花语：真实、平凡，随遇而安。我想，这跟李小龙先生在访谈中提及的"水"的概念也很像，水入瓶则为瓶，水入瓮则为瓮，它可以是一切，接纳一切，包容一切，适应一切外部环境。这是一种没有分别心的表现。

活出自己是主动迎来改变，是基于你的短板进行自我调整。人经历的一切苦痛，都可以视之为找寻自我的契机，更是一次转变的契机。历经磨难，到底是愤愤不平，要将苦痛"还"给世界，从此恶行不断？还是对自我进行调整和提升，转而成为更好的那个自己，学会爱自己？

好在自由选择的权力在我们手中。人生真正的自由，是有选择的能力，选择的智慧以及最重要的——选择的勇气。

接纳自己才能活出这份勇气。

一个爱自己、活出自己的人，会注重自己的独特性，无论他高矮胖瘦、贫贱富贵，无论外部条件如何变化，他能够认识自己，愿意接纳自己。他允许自己不同，允许自己不够"好"，哪怕生活平淡，他也可以津津乐道，享受阳光……是呀，说起来很容易，爱自己从来不是什么深奥的理论，它更像一种感受。

一首很老的歌，叫《小草》，歌词这样唱：

没有花香，没有树高，我是一棵无人知道的小草。

你瞧，从世俗的角度看，这株小草很不起眼、很卑微，然而后面的歌词，说出了这株小草的心境：

从不寂寞，从不烦恼，你看我的伙伴遍及天涯海角。

歌词很通俗，但大有"不以物喜，不以己悲"的意味，小草能看到事情好的一面，自然的一面，它是它所是，不把过多的标准强加在自己身上，这株小草比很多人更懂得爱自己。

"三大信念"和"两大追求"

在我的课程中，我常常提到人的"三大核心信念"和"两大核心追求"，前者分别为无价值、被遗弃、心碎，是人们深深惧怕的；后者分别为归属感和重要感，是人们深深需要的。这些是人类与生俱来的。我们可以借此反思，当你十分渴求一个人的爱时，你内心真正的诉求，是否是想要印证你之于他的重要性？他爱你、重视你了，所以，你感到自己很重要、很有价值。如果他没有如你所期的那般爱你，那么，你开始失落、自我怀疑。可有趣的问题是：你的重要性，为什么要通过另一个人才能得到反映呢？

这是不是因为，你把自己看得不够重要？还是你本身就缺乏归属感呢？而懂得爱自己的人，身心俱足，归属感和重要感亦可自给自足，能够做到自我陪伴。要意识到，人心与"道"别无二致，如陆九渊所谓"吾心即是宇宙"，心就是家。爱自己的人，能够做到个体和主体的归一，放下"我执"，所到之处都是家，世界就是家。

想一想，人生在世，是否如同一次角色扮演呢？扮演父母的好孩子、爱人的好伴侣、社会的好人才、朋友的好朋友……诸如此类，是否只有当你扮演好这些角色时，你才能感受到自己的存在，感受到自己的重要性？如果你不再过分执着于这些角色，或者说，你不再执着于这些纷繁复杂的角色扮演游戏为你提供的价值感，又将如何？

扮演这些角色的人，究竟是谁呢？

这些角色是你吗？

脱离了这些角色，你又是谁？

我想，人生归根结底只存在两件事：一为选择，二为体验。你选择成为哪种角色，就得适应这种角色的规则，进入这种角色的体验，而你应当具备的最重要的能力，是跳出这些角色。

我们生活在一个充满分别心的世界中，从理性层面讲，这似乎是一条悖论，因为人认识事物的第一步，就是为事物命名，进而划分类别，这也是所谓的"贴标签"。可一旦如此做，分别心就产生了：眼前的容器，为什么叫"壶"而不能叫"罐"呢？你吃下的那颗晶莹剔透的葡萄，为什么一定叫"葡萄"而不是"苹果"呢？

庄子的妻子死去时，庄子鼓盆而歌；莫奈的妻子死去时，莫奈抄起画笔将妻子的尸体记录下来，在世俗的眼光中，都是离经叛道的表现，可事实真的如此吗？阿尔贝·加缪的《局外人》中的默尔索，在故事的最初，面对的何尝不是此种境况？他的妈妈死去了，可他从那些繁复的葬礼程序和那些仿若被设定好的情绪中感受到的只有"荒诞"。

著名球星科比·布莱恩特去世后，悲伤的情绪一度弥漫在篮球界中，可等他那场盛大的追思会开启时，与会球星纷纷上台演讲，居然无一不在调侃科比生前的可爱事迹，现场数万观众也跟着捧腹大笑。

以上这些案例，是对死者的不敬吗？

当然不是。依我看，庄子鼓盆而歌，是在感慨宇宙的规律；莫奈描画妻子，是在记录妻子身体彼时不可复制的美；而众星调侃死去的科比，亦是切实地意识到了人的立体感。人之所以为人，正是因为我们不光具有崇高性和严肃性，更有狭隘、自私、小心眼儿等所谓"卑微"之处。

这些现象，恰恰展现了一种豁达，因为他们没有抓住死去的事物不放，一味沉浸在"死别"的悲伤当中。

从另一个角度讲，你爱的人去了，你喜欢的偶像去了，你才如此悲伤，不是吗？别人的爱人、别人的偶像去了，你为什么那样平静、自如呢？难道你悲伤的不是你投注的精力吗？那么，你爱的究竟是爱人和偶像，还是你自己？

每个人都活在自己解读的世界中，而万物本身并无分别，你为它贴上怎样的标签，它就成为怎样的世界，有人把它活成天堂，就有人把它活成地狱，有人把它活成游戏场，也有人把它活成了战场。那么，如何获得对世界的选择权呢？

我想，答案也许在每个人不同的思维方式中。

六种思维方式

修行的一个意义，在于思维方式的提升，人成长的过程中，任何形式的学习本质上都是思维方式的升维。我在过往的研究中，总结出六种不同的思维方式，它们分别是"点式思维""线式思维""二元思维""立体思维""超时空思维""空性思维"。

我们不妨拿一个具体的事件举例，一个男人失恋了，如果他的思维是点式的，那他八成只能聚焦于这件事本身：我错失所爱，心如刀绞，唯有伤痛。生活中经历的一切，也统统蒙上这一事件的阴影，沉浸在失去的感受中难以自拔。我们都熟悉鲁迅小说中的"祥林嫂"，整天念叨着"孩子被狼叼走了"，郁郁不可终日，直至疯癫也不罢休。这就是点式思维，她最终跌倒在这一个坎儿上，她的结局我们也知道：再没走出来。点式思维是最有局限性的思维，它不拓展，不转化。

线式思维，是根据事件本身进行分析、推演，在事件之上发展出新的内容，比如通过不断追问以得出某种规律——失恋是因为"什么"；能为我带来"哪些"；此事或有"怎样"的转机与收获；如再恋爱，定要"如何"——借此趋利避害。许多西方古典哲学家的线式思维就很发达，形而上学和科学也是在这种思维的推动下产生的。

二元思维是又一种经典的思维方式，就是老生常谈的非黑即白，非好即坏，比如我们小时候读绘本、看电影，常常习惯性地将其中角色划分成"好""坏"两个阵营，这当然也是文学创作中的一种粗略技巧，便于制造张力。然而有一定生活阅历的人都能很容易明白人和事件的复杂性，哪是"好"与"坏"两个字可以概括的，谦谦君子有时虚与委蛇，穷凶极恶之徒也有柔软善良的一面，万事万物莫有不如"太极图"者，白中有黑，黑中有白，黑白相称相适，此外便是茫茫无际的灰色地带，很难一言以蔽之。

立体思维是认识到事物的多面性。人的局限之一，是无论如何观察都不可能穷尽事物本身之全貌，无论小孩子，还是大学者，概不能逃出这一规律的统摄，所以，很明显却也是很让人感到遗憾的事是：你对事物——一草、一木、一颗星星的认识，你对孩子的认识，总有诸多不完善的地方。这也是古往今来的能人、智者往往在人前保持谦卑的缘由，他们看见得越多，就越明白，万物都有观察者不能了解的一面，我们活在这个世界上，无非盲人摸象，各取其像。而你观察到的侧面越多，对一个事物的了解也就越具完整性，越接近其本真的样子。联系刚刚所说的二元思维，一个人的立体感表现在其形貌、性格、身份、经历、言谈等方面，世上哪有绝对的好人和坏人？一件事的性质，又因所处环境的不同，评价者的视角不同，动机的不同而变化，世上哪有绝对的好事和坏事？

超时空思维就是把空间和时间这两个假象破除后的思维方式。

我应对心理创伤的疗愈手段也包含超时空思维的属性：伤痛来自过去，然而过去已经过去，已经不复存在，我的疗愈通过适当的技术让受疗愈者从当下回溯至过去，把他留下的"逗号"的另外半边涂好，转为句号，使未完之事完整，当下的感受也将随之变化。

如果没有超时空的思维，认为过去发生的就已经定下来了，遗憾只能是遗憾，痛苦只能是痛苦，那么当下就不会有任何改变，你也将长久囿于其中。

我们的疗愈室，我们戏称它是"小黑屋"，也是根据超时空思维的概念进行打造的，在那样一个狭小的、设施简陋的、没有光源的"小黑屋"里，模拟时间和空间不存在的状态，让受疗愈者与一切外部世界的信息隔绝，无论梦与醒，喜与悲，人所闻、所见皆为虚空，如同浩渺宇宙。在"小黑屋"里，时间和空间也无法成为度量工具，一日与百年无异，当你走出它，回归曾经的那个现实世界时，仍然保持着生活在"小黑屋"里状态，许多问题也就迎刃而解了。

超时空思维也是一份智慧。

青年时期的创业让后来的我获得了一定的财富积累，但我可以负责任地说，我进入商业领域的初衷并非为了谋求经济利益。如果我一心只为钱财，我是绝无可能做到今日这种程度、体量的。

内在小孩儿

疗愈自己的过程，是回收破碎能量的过程，是将在过往人生中你丢掉的一个个"内在小孩儿"重新召唤至身边的过程。

"内在小孩儿"的概念最早由著名的心理学家卡尔·荣格提出，它的另一个称谓是"子人格"。

荣格说："内在小孩儿是一切光之上的光，是疗愈的引领者。"

每个人都有15~40个的"内在小孩儿"。《西游记》原著第七十九回中，说"红心、白心、黄心、悭贪心、利名心、嫉妒心、计较心、好胜心、望高心、侮慢心、杀害心、狠毒心、恐怖心、谨慎心、邪妄心、无名隐暗之心、种种不善之心，更无一个黑心"……这些"心"，就跟"内在小孩儿"很像。他们特点各异，有的怯懦胆小，有的坚韧不拔，有的敏感脆弱，有的热爱创造。"内在小孩儿"是多面的，贪心出来就表现出贪，爱心出来就表现出爱，嫉妒、憎恨、悲伤、委屈等如是。

这些"内在小孩儿"可能来自原生家庭的影响，也可能来自我们后天的遭遇，是被外部环境不断塑造出来的，是为适应自己扮演的社会角色不断被训练出来的。

小时候未被满足的诉求，有不被允许的情绪或被伤害的经历，这些都会阻碍"内在小孩儿"的成长，随着时间的推移，虽然表面上我们忘记了那些被忽略、阻碍和伤害的经历，忘记了具体的场景和事件，但是身体、细胞却帮助我们把当时的情绪和感受记录下来了，后面的人生经历中，一旦再遇到相似的事，相似的情绪感受就会被触发，仿若一下子回到过往小时候那种被伤害的、无助的情境之中并促使自己做出习惯性的反应。

在没有认识自己的"内在小孩儿"时，"内在小孩儿"会左右着一个人的情绪和行为，但当你识别出它之后，你就能重获掌控权。随着你看见他们、接纳他们，恐惧的能量将被一点点释放掉，那些失落的"内在小孩儿"也终于抬起头、站起身，愿意重新与你对话。彻底将他治愈的最好方式是爱，你要深切体察他的恐惧、他的胆怯，告诉他，你看见了他的恐惧和胆怯，但是没关系，你愿意在他身边，陪他一起经历这些，如此他才会慢慢成长。告诉他，"我会一直陪着你，陪你玩耍，陪你一起体验这个世界的美好。"

一旦"内在小孩儿"回归，你的身体就多了一重力量。

如果阅读这本书的读者，或我身边的朋友，认为我展现出某种富足、有力量的气质，那是因为我通过生活和学习，将一个个受伤的"内在小孩儿"疗愈了，我的能量也日趋完整了。

这也是一个不断爱自己的过程，通过不断爱自己、不断收回破碎的能量，你将变得越发坚定、笃信自己，外在世界对你的影响越来越小，反之，你对外在世界的影响将变得越来越大。那时的你，内心的爱足够充沛，释放爱的能力也将变强。

当你把一个个悲伤的、无力的、心碎的、无价值的、不重要的、不配得的、不被爱的、被抛弃的自己全部都收回来，你将发现，你内心满满的全是爱，因为你回收他们的时候，也是用爱的方式回收的，你将变成爱的源头，除了爱，你将不再有别的。

达至完整的状态以后，人将不再惧怕伤害，因为对他来说，伤害这个概念已经荡然无存。伤害，往往源于我们自身对"伤害"这个概念的解读，但如果你从万事万物中解读出的都是爱，谁又能伤害到你呢?

三件个案

在我的心理课堂上，我曾与无数咨询者进行过对话。其中相当一部分，被我的助理和团队整理成对话形式的文本收录起来。在这个章节里，我会将其中几份记录如实地展示出来，能够保证的是，除了对咨询者的真实姓名和一些过于口语化的部分进行了遮蔽和修改，我没有改动过记录中的半字半句。

在本章，我和大家探讨了一些学术上的专业理论，在前面的章节中，我以自己为例，向各位读者展示了我的人生思考和体悟。但我想，无论我经历过什么、学习过什么，一个我，终是不够全面的，为了能给大家提供更多有关"爱自己"的"镜子"，我把这些记录展示出来，记录中包括"亲密关系""婆媳关系""自我对话"等主题，都是当代社会普遍存在的问题。除了展示这些真实的对话，我将不再对这些人、这些事件、这些议题做任何评价跟总结。就让这些记录，像墙角里的野花一样，像大千世界中形形色色的事物一样，如此活生生地开在那儿、发生在那儿，如果你恰好嗅到它，看见了它，这些对话记录和其中的感受，包括这些问题本身，自会令你得出你想要的答案。

个案一

咨询者：小华

主题：亲密关系

问题描述："与丈夫不能有效沟通""总是吵架""心累""不给孩子买米线""热水器水温问题"

情绪感受：心累、愤怒、恨、委屈、心疼、不想活了

限制信念：不被丈夫重视、相爱相杀，被婆家冷淡，缺爱、心碎

疗愈师：金辉老师（P）

案主：小华（L）

L：老师，我这段时间心里边有道坎儿，尤其和我家先生，就说不出来那种感觉。他不在家吧，盼他回来，回来以后我们俩又没话说，并且还时常有意见分歧，老是吵架。我不知道怎样和他有效地沟通，然后我表达那个意思，他不明白，他理解不了。他理解不了我想表达的意思，他就理解反了。

P：举个例子好吗？举个实际的例子。

L：嗯，说一件小事，今天我跟他说，孩子想吃米线了，正好他从店里回来，让他给孩子带一份，他说，"吃啥吃，中午刚吃的涮羊肉，别吃了。"他就没给带。我说，"孩子就是想吃碗米线，你给他带回来不行吗？"他就不做，我挺生气的。还有一件事，就是每次我们洗澡的时候，我把水温调得比较高，我和女儿洗澡的时候，因为头发长，得多洗一会儿，需要温度高一些。可他洗完以后就调下来，他也不负责调回去，他就不考虑我们母女，我就非常愤怒，我今天就为了这个又和他吵了一架，我想跟他正常地表达，把事情说清楚，但是没有效果，我非得发个火，愤怒地表达，他才能记住，然后过得时间长，他又忘了。

P：愤怒表达完之后，他会改两次，过后又忘了。这样的互动给你带来的感受是什么呢？

L：让我好累，心特累。好像活在他另外一个世界，我们就是没法沟通，这样的感觉。

P：你觉得跟他没有办法互动，没有办法沟通，你说他听不懂。那他有没有表达过他要说的话你听不懂？有没有过？

L：他不太表达，不太跟我交流。其实都是我跟他主动交流，他从来就不主动地跟我交流。

P：首先我感觉，调水温也好，带个米线也罢，实际上是生活习惯的不同。他调下来了，你用的时候再把它调上去，这并不难。可见这不是核心的问题，核心的问题是他没听你的，没把你和孩子放在心上，这是你的感受，对吗？

L：对。

P：他调完了水温，都不想着我们。我们要吃个米线，他也不给买，他也不想着我们。你认为他的心里没有你们娘俩。

L：老师，我就是这样的感觉！我常跟他说，你不适合结婚，你应该一个人独过，因为你的心里装不下我们。他的世界里就只有他自己。

P：嗯，好。如果说你爱人心里真的没有你们的话，那你心里是什么感受呢？

L：愤怒，很愤怒的！

P：好，那你就闭上眼睛去感受一下，你感受一下你心里的愤怒，把手放到胸口。去做几次深呼吸，把愤怒呼吸出来，对他说："我太生气了！"

L：我太生气了，我想揍他。

P：好，去感受，"我真的很想揍他"，使劲抓着你的手，对，去感受那种很抓狂的感觉。对，看一看我的手，对，就这样使劲抓一抓，"我很想揍他"，对。

L：老师，我是很想揍他，撕烂了我都不解恨，就是这种感觉。

P: 好的，去感受"我恨你"。

L: 我恨你，我恨你，我恨你，我恨你，我恨你。

P: 深呼吸，去感受"我恨你！你的心里没有我，我恨你"。你恨他，是因为他心里没有你，是吗？你认为他不爱你吗？

L: 说不爱吧，他有的时候也挺好的，但是有些事他让我接受不了。

P: 晃着头，说"我受不了"。

L: 受不了，我受不了他对待我的方式，我就想揍他。

P: 好，去体会"想揍他"的感觉。

L: 老师，我就有种不解恨的感觉。

P: 来，把手放到心口，放到心上去感受心里的恨。去感受"我怎么做，我都不解恨"。

L: "我怎么做都不解恨"，老师我真想把他踹碎了，就是那种恨。

P: 去感受想踹碎的那个恨。来，去看一下你的心，看看现在心的颜色和形状。

L: 老师，我那心都是碎的。

P: 好，看着他，说"我的心都碎了"。我恨得心都碎了。我除了恨他，我也恨我自己。我恨自己恨得心都碎了。去跟自己的心道歉，"对不起，我太恨了"。所以我伤了你。看着你的心。

L: （跟着老师的话进行重复）……老师，我的心碎得一块一块的。

P: 嗯，看着它，跟它说"对不起，我让你受伤了"。说出来："我太恨了。我一直活在恨你当中，我用恨在折磨自己。"现在心什么感觉？

L: （跟着老师的话进行重复）……老师，我感觉我的恨在折磨自己的时候，我眼前也出现了我婆婆，我婆婆支持我爱人就那么冷淡我。就这种感觉。

P: 嗯，去感受一下，恨是对婆婆的恨。

L：对他家的恨。

P：嗯，去深呼吸，说出来，"我太恨他们了，我的心都碎了"。

L：（跟着老师的话进行重复）……老师，我的心都碎了，我那个时候都不想活了，我有两次都不想活了。

P：嗯，说出来，"我不想活了"。

L：我不想活了，我太委屈了，太难了。

P："他们就欺负我"，深呼吸，"他们太欺负我了"。来，看着你的心。对，跟你的心说"对不起。我太恨他们了。这所有的恨都变成了伤害，伤害的是我自己的心"。去感受一下，跟自己的心说"对不起，我不是为了原谅他们，我是为了放过我自己"。现在心里还有那么多恨吗？去感受一下。

L：（跟着老师的话进行重复）……老师，我的心好疼，好疼。

P：去感受，说"对不起，我伤害了你，我用恨伤害了你"。对，跟自己的心说，"对不起。我用恨伤害了你。"去感受心里边对恨的细胞记忆，去感受那个痛。对，去感受心的痛，感受那份心碎。

L：（跟着老师的话进行重复）……老师，我感觉有一双无形的手掐着我，想把我掐死的感觉。

P：好，是谁在掐你？

L：我觉得是婆婆掐着我，不让我说话，干什么都不行。我干啥都不对，干啥都不行。

P：来，去感受那个手在哪里，去感受它，能感受到吗？

L：掐着我的脖子，想把我掐死的那种感觉。

P：好了。现在，去感受你的手旁有一把剪子。这个剪子自己动起来了，直接就把你手上、脖子上的所有掐你的绳索和那些手全部都剪断的感觉。对，你用你的手，摆脱那些束缚的感觉，把它们拿掉。对，说出来，"憋死我了"。

L：她一句话都不让我说，她不让我说话。

P：说出来，"憋死我了"，深呼吸。

L：（跟着老师的话进行重复）……她不让我说话，她也不让我爱人跟我说话。

P：去跟你的心去感受一下，"憋死我了"，也去感受一下，你的心都碎了。可以去感受这个。小华，现在脖子什么感觉？

L：就是，卡在这里，老是卡的。

P：来，用你的手摸着你的脖子。跟自己说，"小华，不是婆婆掐了你，是你选择让自己憋闷委屈"。你知道，其实你可以真实地表达，即使跟她发生冲突，也要真实地表达。

L：老师，我害怕和她发生冲突。

P：说出来，"是因为我害怕跟她发生冲突，所以才憋住了自己。并不是婆婆掐了我，是我自己掐住了自己，因为我害怕冲突。因为冲突让我很不安，没有安全感。我只有委曲求全"。对，去看看你的委曲求全，你的那份压抑感，"压死我了，憋死我了，我选择让自己变回来"。来，深呼吸，把自己压抑的感觉释放一下。告诉自己"我以后可以真实地表达。不是你害怕受伤，是你一直在自我伤害"。动动脖子，来，拧一拧。跟自己说，"我以后可以真实地表达，不带任何负面情绪地真实表达。我可以做到"。看着婆婆，她在那里歇斯底里，她在那里一直在跟你发生冲突。她把你当成了"情敌"。来，看着婆婆，跟她说，"我知道你很嫉妒我，你以为我夺了你的爱。我们都是女人，我和你一样爱他，所以请你善待我"。

L：（跟着老师的话进行重复）……

P：能感受到吗？婆婆是一个缺爱的小孩儿。她把所有的爱都给了儿子，所以她特别受不了。跟婆婆说，"我和你一样都是缺爱的。我得不到爱，我也恨他"。是这样吗？来此刻再看一下你的心。

L：（跟着老师的话进行重复）……老师，我感觉那个心的一块块碎片聚合了一些。

P：嗯，好，看着你的心跟他说，"小华，我和婆婆在争夺爱，一个男人的爱。但是爱不在外边，我要学习的是自己爱自己"。对着你的心说，"小华，从现在开始，我不再和婆婆夺爱了。他给不出来爱，是因为他和我婆婆一样缺爱，我们三个都缺爱"。

L：（跟着老师的话进行重复）……老师，我爱人总是在店里不回家，不然就上我婆婆家去，每次都是我给他打电话叫他回来。

P：小华，你觉得你老公会爱吗？他懂得表达吗？其实，婆婆缺爱，他也缺爱，你也缺爱。所以你也在找爱，婆婆也在找爱。这个男人在两个女人之间被拉扯，他都不知道该怎么做，强势的妈妈加一个极力去维护关系、害怕冲突的、懦弱的老婆。他不知道如何去做。看到了吗？他也像孩子一样。他也有一颗没有长大的心，缺爱的心。

L：（跟着老师的话进行重复）……对，老师。

P：所以，爱在哪里？在这个男人身上吗？还跟婆婆去争吗？来摸着自己的心，告诉自己"爱只在我自己这里。我只有自己爱自己，没有人会满足我"。谁能满足得了你呢？没有。

L：（跟着老师的话进行重复）……老师，我说这句话的时候，我感觉我的心、我的身体开始发热了。

P：小华，跟自己说，"婆婆是在提醒我要学习自己爱自己。老公用那样的方式对我，也是在告诉我，爱只有在我自己身上找，自己学会爱自己"。

L：（跟着老师的话进行重复）……老师，对，我感觉说这话的时候，我的心——一块块的碎片——聚成两大块和一小块了，快要完整了，心的边沿开始慢慢散发热量了。

P：来，说，"小华，我要学习爱自己。对不起。我一直在向外边找爱。向丈夫要爱！但我忘了，我自己可以满足自己。看到了吗？得不到就恨，恨完伤的就是自己的心。与其去恨别人，不如要学习自己爱自己"。好，跟你的心在一起，待一会儿，跟它说："对不起，请原谅，我爱你！"

L：（跟着老师的话进行重复）……

P：小华现在什么感觉？

L：老师，我感觉我的心不再破碎了。

P：再看看它的颜色。

L：心上半部分是红的，下半部分颜色是淡的，挺淡的，但是已经合在一起了。

P：小华，从此刻开始，不为任何人生气，不用别人的错误惩罚自己，放下自己的标准和角度，就没有人会错。我认为的错，都是因为我有个标准，而这个标准是我伤害自己的方式。水龙头调不调水温，买不买米线，那些事，你有你的标准，这个标准让你更加心碎。所以，从此刻开始，愿意放下所有的标准吗？为了爱自己。真正的爱自己就是没有标准，没有角度，没有期待。摸着你的心，跟你的心说，"其实我是有期待的，我对丈夫是有期待的，所以才把自己伤成这个样子"。

L：（跟着老师的话进行重复）……嗯。

P：对，说说你都需要他怎么样？需要他在乎你，关心你，对你好？需要他跟你交流，需要他跟你亲密，需要他理解你，所有的需要都是你痛苦的原因。

L：是的，老师！

P：看着你的期待，做深呼吸，告诉自己，放下期待才能学会爱自己。有期待就有伤害，就没有爱。小华，去深深地体会，你内在有一个期待，当你的期待没有得到满足的时候，你就会产生恨，就没有幸福感。但是，没有人能满足你，除了你自己。所以如果放下期待，在婚姻里，他怎么对你都叫幸福。婚姻里没有爱，只有需要。满足了你就叫幸福，不满足了你就叫痛苦。所以，小华看到了吗？在婚姻里，你把幸福的决定权交给了你丈夫。

L：对。

P：怎么样，小华，转过弯了没有？

L：放下期待，也没有需要，就不难受了。

P：自己满足自己，自己爱自己。想吃就自己买，想干什么就自己干，想调水温就自己调呗。

L：他再挑剔指责我的时候，我的愤怒又会出来。

P：嗯，他对你批评和指责是因为他对你还有期待。所以你看看自己呀，你要是想满足他，你就满足他，你要不想满足他，你也用不着生气呀。他的抱怨的背后也是需要在表达，也是在寻求爱，和你一样。

L：对。

P：还生气吗？

L：不生气了。我感觉我们两个之间，沟通上总是隔着一层什么。我原来跟志红老师也说过。

P：只有你活出无条件的爱，你爱人无条件的爱才能升起来，你俩的隔膜也就打破了，如果你不能活在无条件的爱里，你爱人和你一样，就会一直要求彼此。你们之间的隔膜，恰恰是让对方满足自己的渴求，都在讨爱。

L：唉，他惹我生气，我就不给他。

P：他有的时候也不给你，所以你也生气。我分享个故事给你，在我刚开设这个心理课堂的时候，有天做了个梦，梦见自己在一片大海边，海上有一艘大船，船大到什么程度？我在岸上看，哇，我都看不见船身的尽头，我又低头一看，海里有好多好多人，都是一对一对的夫妻，一男一女两个人就互相抱着。他们都在做一件事，他拿个小刀捅她一下，她拿小刀戳他一下，两个人就这么互相伤害，然后血流成河，海水都被染红了。我当时吓坏了，可是那群互相伤害的人居然都在"哈哈"大笑。我发现大家的脸都在笑，一边互相伤害，一边笑。我很震惊，紧接着我的眼泪都流出来了，觉得心里特别难过，他们这样彼此伤害着，还享受着这份伤害，那他们什么时候能上船呢？我心里就特别痛。我想说的是，其实很多夫妻之间，都是用彼此伤害的方式在讨爱，好像是所谓的"痛并快乐着"的状态。夫妻吵架，吵完和好的时候，那一刻是很幸福的。但吵的时候是很生气的，吵完了之后，俩人总这么僵着不行啊，有一个人一妥协，然后两个人立刻就觉得"哎呀，好像又重温了幸福的感觉，重温了恋爱时候的感觉"，这就是人性。大家都在玩儿这场游戏，都在用这种方式玩儿。小华，你打算什么时候终止这个游戏？玩儿够了吗？你丈夫还会继续邀请你一起玩儿。什么时候你能真正地不和他玩儿了，他才能把刀放下。前提是，你先把刀放下。

L：是的，老师！

P：上船吧，人间仿若大海，苦乐参半，玩儿得差不多了，该回家了。现在心里的感受是什么？

L：心就是清白的，没有痛苦，也没有快乐，就挺平和的那种感受。

P：来跟你的心说话，"从此刻开始，我做个决定，不允许任何人伤害你。如果我不允许，没有人会伤害到你，不论别人怎么对你"。如果小华你不允许，谁能伤害得了你呢，是吗？

L：（跟着老师的话进行重复）……是的，老师，如果我不允许，谁都伤害不了我，我的心好像在说"你把我推到别人面前去了"，自己把心放在人面前，让人随便伤的。

P：从此刻开始，你可不可以做个决定，无论谁怎么伤你，你都拒收，不会把心再拿出去了。你看没看到你也很享受受伤的感觉，你婆婆用力伤你，你就把心给出去让她伤，然后让你爱人看"你妈都把我伤这样了，你欠我的都看到了吗"？你让你的心受伤，是为了让你老公补偿。这不就是你玩儿的游戏吗？终止吧。

L：老师，真是！

P：他补偿不了你。这是你的"小我"玩儿的伎俩。

L：老师，我爱人曾经问我，人家不喜欢，你总上人面前蹦跶，有什么好处啊？

P：是的，跟你老公的讨爱，用你的委屈让你老公来保护你呀，认为他能保护你，但实际上他根本保护不了。

L：嗯，对。我婆婆说什么，我爱人都认为是对的，反正从来不跟妈妈顶。

P：所以小傻瓜，期待这样的男人来保护你吗？

L：他们都说他特别孝顺，妈妈说什么就是什么。

P：愚孝。

L：对，我就说他是愚孝。

P：但是你更愚，对吗？

L：嗯，你说得对，老师。

P：看不清形势，认不清你这个家庭环境，然后把自己的心拿出去，让人家使劲伤害。

L：老师，我想我用好心换他对我的好，结果换不来，所以我就愤怒。

P：还换不换了？不换了的话，就好好爱自己，从现在开始把自己放到生命的第一位，就不受伤了。

L：是，老师，嗯嗯！

P：现在明白了，也不见得能做到，在未来慢慢尝试着做到，好吗？

L：嗯，好的老师！我慢慢地保护自己，照顾自己。

P：别人再抱怨你，别人再批评你，婆婆再怎么说你，那是她的认知，跟你无关。你跟他们生气就相当于把你的心又给出去了，让人家伤害去了。如果笑笑不接招儿，就没事了。对吗？

L：好的，老师！

P：好了，试着调整一下自己的模式，也是很多人小时候养成的模式。父母一吵架，你就把心给出去，跟着掺和。这是原生家庭的模式，把这个模式看透了，就开始自我调整好吧！

L：嗯，好的老师！

P：你爸爸在家里是低位呀，妈妈更厉害吗？

L：我妈妈挺厉害！

P：嗯，爸爸怕妈妈。他俩一吵架，你就自动站在弱者那边，跟你爸爸一起受委屈，一起舔伤口。你现在的婚姻状况，不跟你的原生家庭一样吗？问问自己，后半生怎么活？还要继续这种模式吗？

L：老师，我转念了。

P：嗯，你觉得婆婆的强势就像你妈妈一样，很多时候你无法接受。

L：我婆婆和我妈确实很像，她们都强势，在家里都是她们说了算。

P：于是你和爸爸就成为受害者，有种同病相怜的感觉，就像你跟你爱人一样。你爱人说，你傻呀，你不能不让妈妈伤你吗？你说，那你不能保护我吗？你爱人说，我也保护不了啊，咱俩躲着点儿吧！这种感觉，跟你爸说的"别惹你妈，姑娘咱俩离得远点儿，别惹她"这种态度，是一致的吧？

L：对，是这样。老师您怎么知道？

P：我之所以知道这些，是因为我了解原生家庭对人的影响，你这个个案实际上是你原生家庭模式的重复。你可以尝试改变。

L：是的，老师。

P：小华，从现在开始爱自己。你觉得爱人保护不了你，就像你觉得爸爸保护不了你，然后受妈妈气。你内心那么软弱，没有力量，是因为你在爸爸那里没拿到过力量。

L：哎呀，老师，真是的！

P：阳性能量不足，好好梳理一下，可以尝试写一篇日记，梳理一下这个模式，然后尝试主动切换模式。

L：嗯，好的老师。

个案二

咨询者：阿辰（化名）

话题：自我关系

健康状态：胃疼

情绪感受：痛苦，心累

限制信念：为了保护自己而抗争，掌控，防卫，小我臣服

疗愈师：金辉老师（P）

案主：阿辰（L）

P：阿辰，胃疼是吗？试着感受在你的身体上方，还有另外一个你，她正看着在这里胃疼的这个阿辰。对她说，"阿辰我看到你活在痛苦里，你的整个身体就是一个痛苦之身。我太痛苦了"。说出来，"我太痛苦了，从头到脚我身体的每个细胞都是痛苦的"。去看另外一个你自己，你的头顶看着这个正在折腾的、痛得不行的自己。看着自己，整个全看到了。让她看着她。对，她在对你说，"你不爱惜你自己，把你自己变成了今天这个样子"。是这样吗，阿辰？你用无数次痛苦，一次又一次地伤害自己，你从来没考虑过你身体的感受，是不是？你身体的每个细胞都充满了痛苦，所以你一直活在痛苦里，享受那份痛苦，你不肯出来是吗？

L：（重复老师的话）……是，我不想痛苦了，太难受了。

P：但是你根本不想出来呀！因为你一直在享受着所有的痛苦，从头到脚的痛苦。你把自己从头到脚遍体鳞伤地伤了一遍啊，你从来没放过你的每一寸肌肤，你也没放过你的五脏六腑，你从来没放过自己。你不是很享受吗？所以今天就让你好好享受一下所有的痛苦。受够了吗？对自己说"受够了"，

对所有的痛苦说"我看到你了",像扫描一样,从头到脚。对自己说,"对不起,我伤害了你们。阿辰,对不起,我从头到脚地伤害了你。我以伤害你为快乐,对不起。我享受着和你在一起,所以我把你们伤到了"。阿辰,去感受,"我已经受够了,我已经痛到极致了,我不想再这样痛下去了。我得换个活法了,我受不了了,在痛苦里没有出路"。

L:(重复老师的话)……我头都是麻的。

P:没关系,搓一搓。搓搓你的头,别抗拒那个麻的感觉,允许它麻。对,现在你的头脑肯定麻呀,它痛苦啊!我现在说完这番话,你的头脑觉得"不痛苦都活不了啦"。使劲搓,来,像我这样搓,使劲这样搓。对,这么前后左右搓,去感受那种麻。跟自己说,"我受够了,我换个活法,我受够了"。抱着你的头,跟它说,"你一直用可怜的方式,自我伤害的方式活着。到了今天。我们走投无路了"。对,说出来,"我真的是走投无路了",对你的头说这番话。你知道为什么吗?阿辰的头不该你管,不该你掌控,你非要掌控。看看你把阿辰的人生管成什么样子了?乱七八糟的,痛苦不堪的,是不是你管得太多了?你需要管的是身体,她的健康是你需要管的。你需要管的是进行分析判断,而不是掌控她的人生。你管多了,管错了,不是吗?把你的权力交出来,交给阿辰的心,这事不该是你——头脑管的事。你除了保护自己,其他的都没管好,你也没保护好自己。听到了吗?阿辰的命运一步一步地,由心做主。你管也没有用,也管成了乱七八糟的样子,越管越乱。你现在需要的是放手。交给心去管,好不好?以后你就负责把阿辰的身体管好。把阿辰的一些理性的分析、记忆,判断家里有多少钱、有多少事,把这些事都记住就行了。至于说如何解决,交给心去管,交给命运,明白吗?

L:(重复老师的话)……我一直在强制,一直在控制。

P:你所有的强制和控制,导致你现在整个身体疼得要死要活的。你来决定,如果你想让你自己继续活在痛苦之中,你就不要放手。如果你要想从痛苦之中走出来,今天你就退位,让你的心成为主人,而不是让头脑成为主人,不是该你管的。

L：我退位，我不管了，我再也不管了。

P：心才是她的主人。

L：我不管了。

P：能做到吗？

L：我的大脑太强大了。

P：你服不服？

L：我的大脑太强大了，太理智了，说定位就定位，雷打不动。

P：来，搓搓你的头跟它说，"谢谢你，为了保护我做了那么多的事，把你累坏了。我知道你是因为爱我，才保护我。但实际上这些不该你管，而且你也管不了"。告诉她放手。如果把你里一层外一层地保护起来的话，如果你内在不痛苦，如果你的人生什么都如意，那也是可以的。但问题的关键是，这样一层又一层的保护有用吗？把所有的一层一层的保护全部收起来，命运不过如此了，最残忍就这样了。把这个烂摊子交给心去管吧，交给命运去管吧，好不好？老师陪你一起走，不会太糟糕的，不会比现在还糟糕。把你自己该管的管把身体的整个的机能运作管好。

L：（重复老师的话）……我知道了，我不管了，我真的不管了。

P：向命运臣服，好吗？你越挣扎，命运越苦。如果你想管，可以，但这只能给你带来更多的痛苦。顺道而行，顺着宇宙的规律，顺着命运的规律往前走，那才是幸福的生活。除此之外，没有幸福，你挣扎，你抗争，毫无意义。那些都是愚蠢的行为，真正的智慧是合道而行，和命运而行。深呼吸，现在头还麻吗？

L：（重复老师的话）……头不麻了，清楚多了，我再也不管了。

P：接下来要让你的头脑慢慢地学会臣服，慢慢倾听心的声音，让心的"小宇宙"爆发。活出一个全新的阿辰，不用过多的防卫，这个世界是很安全的。

L：（我的）防卫性太强了，我不防卫了。

P：从现在开始别跟头脑纠缠。把手放开吧，告诉她，"好好管自己的事"。把这话记住，当作自己的"咒语"，以后头脑再出来，就告诉它"不用你防卫，命运会照顾我，我的内在会管好我，我的心会照顾我。我内在的心灵才是真正的我自己，我要活出我自己。不用过多的防卫，我是安全的"。阿辰能不能保护好自己？

L：（重复老师的话）能，我什么都不怕。

P：那还有什么可防卫的？

L：不防卫了，轻松地活着，随遇而安！

P：对，咋得劲儿咋活，咋幸福咋活，爱谁谁。对，问问你的头脑，就这么活，它干不干？爱谁谁，就活自己。

L：它点头了，它答应了。

P：嗯，让它臣服。今天晚上睡觉摸着心睡，从明天开始随时随地都跟心在一起，好吧，慢慢让头脑交班，交给你的心做主。心才是你的君王，脑是大臣，上位太久了。

L：好嘞，老师。

P：好的，那么今天就先到这里吧。

L：谢谢老师。

P：恭喜阿辰，你刚才突破的是我们在成长路上的一个重点。阿辰很努力的，她从来不逃避，很勇敢。所以刚才跟她的"小我"做了一番对话，给她助力。

L：老师，我的身体温暖了。

P：太棒了阿辰，从现在开始，好好看着你的心，脑袋一出来的时候你就告诉它，我很安全。

个案三

咨询者：小春

话题：家庭关系

情绪感受：纠结、委屈、怨恨、冷漠

限制信念：讨厌大声说话的自己，不接受婆婆的说话方式，不能做粗俗的人

疗愈师：金辉老师（P）

案主：小春（L）

P：小春今天好漂亮啊！

L：我终于鼓起勇气了，你好，金辉老师！我想问一下，我婆婆现在是跟着她四个儿子轮流生活，每家待一个月或者是半个月，但是每年不管轮不轮到我，都要到我家过年。这是一个不成文的规定。

P：你爱人是老几呢？

L：我爱人最小，兄弟姊妹都算上是老七。今年上个月从我这儿走的，走的时候给老太太说了就是过年时候回来，过年回来过。但是有时候，感觉自己挺违心的，我婆婆今年九十岁了，现在聋得特别厉害，贴近耳朵说话也都基本听不到。我平时不愿大声说话，自己大声说话的时候就讨厌自己，不愿大声说话，觉得特别吵。但是不大声说话，她又好像听不到，就挺纠结的。

P：给她戴个助听器没有？

L：她不戴，以前给她试过，她不戴。

P：那你的纠结是什么呢？是不喜欢大声说话，但是又不能不跟婆婆大声说话，对吗？

L：婆婆最大的问题，是老爱骂人。她不是故意的，她平时说话就是这种方式。有的时候骂得特别不堪入耳，我没法表述，有时候我心里特别不愿接受，特别委屈。

P：嗯，还有吗？

L：嗯，就请老师说一下，我怎么让自己接受这个事情。

P：小春我问你个问题，你婆婆为什么会活到九十岁，现在身体还挺好，不用人照顾？她做对了什么？

L：她就是这两点，别的都无可挑剔。

P：是，她从来不委屈自己，她从来有话就说，说完就拉倒，不憋着，所以不形成内伤。你们谁爱受伤就受伤。

L：就是这样，但是很伤人，她是伤害别人的。

P："伤害别人受伤活该，跟我没关系"，对吗？

L：我怎么能让自己不受伤呢？

P：我要跟你说一个很关键的点，小春，岁数大的老人，谁养谁有福，这是最好的慈善行为，老人是宝，她在谁家一待，那家的福气就旺盛，如果你真的能够相信这一点，小春，你得抢着赡养。回到主题，需要问一个问题，小春，你小的时候，你们家有人喜欢骂人吗？

L：我们家没人骂人，我的原生家庭没有人骂人。

P：那你身边有没有人喜欢骂人，是你一看就受不了的。

L：我爷爷奶奶都不骂人。

P：你自己听到婆婆在骂人的时候，不管是不是骂你，反正你受不了嘛，你那个受不了的感受是什么？闭上眼睛去感受一下你心里的感受。

L：觉得心里边也有恨的，也有委屈，觉得我对你这么好，你怎么还骂人呢？但是我自己也知道她不是故意骂的，我也明白。

P：来，说出来，"我恨你。我对你那么好，你竟然还这样，我恨你"。

L：（重复老师的话）……

P：去看着你的心，心里什么感受？

L：我心颤。

P：去感受那种颤，说出来，"我太受不了了，恨死我了，我受不了，我恨你"。

L：（重复老师的话）……

P：看着你心里的伤口，看着你心里的伤。看看你现在的心是什么样子，什么形状？

L：我看不到自己的心，我看不到。

P：看不到。

L：对。

P：看着你的委屈，看着你的恨。

L：老师现在我感觉不到那么多委屈和恨了。

P：你现在是什么感觉？

L：现在平静了。

P：嗯，说出来，"我把心藏起来了，这样就不用受伤了"。

L：（重复老师的话）……我现在挺平静的老师。

P：说，"我很冷漠。我把我的心冻上了，这样我就不痛了"。去感受心的冷漠，心的痛，对你的心说，"我看到你了。你太痛了！所以用冷漠来保护自己"。跟自己说，"小春对不起啦！当你不受到伤害的时候，你的内在也缺少了爱的流动，你再也没有幸福和快乐了，对不起。我会因为别人的语言伤害到你，对不起。我会因为别人的习惯伤害你，对不起。因为在我原来的家庭里，互相尊重，互相爱戴。我受不了她，对不起，我在拿她的错误惩罚我自己"。

L：（重复老师的话）……

P：来，做几次深呼吸。傻不傻？是她错了还是你错了？

L：是我错了。人家就这样，人家这是一种潇洒的活法儿。

L：对。

P：不戴面具的活法儿。

L：所以她长寿啊！

P：对呀，你看你憋了巴屈的大气都不敢出，错话都不敢说，你瞅你把你自己憋屈的。你这辈子不就这么活的吗？你还以为你活对了吗？你有没有委屈？她是来平衡你的？因为你平时活得太彬彬有礼了，活得太有素养了，所以你才嫁着这么一个家庭来平衡。

L：老师我有话说，其实现在我没觉得委屈。就是从跟老师学习以后，也不觉得委屈，但有的时候自己就不知道该怎么办，现在为什么没有委屈？因为我对象他特别宠我。现在我什么都不干，我跟别人说这是一个良性循环，他宠我吧，我必须得对他、对他的家人都好！对，我就这样，他对我有爱，我必须爱他的家人，这是我以为的爱的流动方式。所以我现在没觉得委屈，就是不知道自己该怎么办。

P：来，我现在要问一个核心问题，你的家庭是不是一个很有素养的家庭？

L：我原生家庭是吧！说素养吧，反正是我爸爸妈妈不骂人，没有说粗话，不说粗话。

P：嗯，也不大声说话。

L：对，从不。

P：他们也很少吵架。

L：对，反正不大吵。

P：来，做几次深呼吸。对自己的心说，"我这辈子的课题就是来体会一下无理地活着，任性地活着"，或者你用一个什么词来形容你婆婆？叫"泼妇一般的活着"。

L：我不能用泼妇这个词，其实我非常尊重她。

P：你觉得在你的心里，她骂人的那个状态用什么词形容？如果不是泼妇？那是什么呢？她骂人的时候，你会觉得她是什么呢？

L：怎么说呢？想不起一个词来形容，就是那种特别粗俗的那种词语。

P：嗯，来做深呼吸，说出来，"我受不了的是粗俗的人"。

L：（重复老师的话）……

P：是这种感觉是吗？来告诉自己，这个世界有优雅就有粗俗，有美就有丑。

L：（重复老师的话）……

P：小春，能不能放下一点儿优雅？活得更真一点儿？

L：其实老师，您说这些话我很有感觉。

P：嗯，婆婆就是来教会你。

L：对。

P：特别是婆婆在教会你活，她真得过头了，你假得过头了。

L：对。

P：婆婆是一面镜子，在告诉你成长，让你真实成长。

L：其实觉得自己也挺真的。

P：但是优雅太多，在你面前别人都会不自觉地受到约束，你活得太不俗了，你知道吗？你看今天晚上已经半夜了，你看你的着装，戴着项链，穿那么正式，你活得太不俗了，你对自己要求太高了。你看，我只穿了个马甲，穿个毛衣，为了照顾大家的感觉，你懂吗？

L：其实老师我不是，我平时就是这样，我对自己要求特别严格，我平时就这样，在家我也不随便。

P：所以你的人生如果连随便都没有，只有一个字，叫"累"，没有自由。

L：觉得自己挺自由的。

P：因为你习惯了，因为你的原生家庭就是这样子，在一个框框里活着。你有过不洗脸就满街跑的时候吗？

L：但是不洗脸，别人也看不出来，我不说别人都看不到啊，也有，但是蓬头垢面、不修边幅的那种状态没有。

P：然后家里来客人呢，你一定是要弄得好好的，是吧？就怕别人看着笑话，是吧？

L：对，就怕别人笑话。

P：怕别人笑话，这就是你这辈子最大的课题。你什么时候把这种怕放下了，笑话不笑话我都活我自己，就真的放松下来了。

L：就活真了，是吧？

P：就幸福了。

L：其实现在我挺幸福的。

P：你的幸福是来源于你老公对你的好，家庭事业各方面的好，但是你对自己的这份严苛阻碍了你的自由和幸福。我说的这个自由的、幸福的度还可以再扩展，现在很好，还可以更好。从现在开始婆婆再骂人，你就在那儿欣赏，"她咋活得这么真呢？她想骂就骂，也不管好听不好听，我太佩服她了"。你试着这样看待这件事呢？

L：其实我真的佩服她。

P：我知道，但你佩服她骂人吗？

L：就这一点，除了这一点不佩服之外，其他都可以。

P：我说的就是你要佩服她这一点。

L：其实不光是我，她连自己的女儿、儿子都骂。

P：她习惯了，她骂人就跟咱正常说话一样，她甚至不觉得自己在骂人。

L：对，她好像是不骂人不开口。

P：如果她再骂你，你就试着逗她，你说，"妈你又唱歌啦"，你就欣赏吧，你权当她唱歌！

L：嗯，我之前的模式就是她一骂人我就选择性地逃避，赶紧离开那个地方。

P：对呀，把心封上了。所以说平静背后是假象，平静背后如果不是喜悦就一定是冷漠和麻木。

L：其实是这些兄弟姐妹给我力量。

P：对呀，你爱人对你好，你婆婆喜欢上你家来，说明你做对了。说明你这儿媳妇当对了，知道吗？妻子也做对了，明白吗？所以说你要继续，但是从现在开始要学会接受婆婆骂人这件事。不要去分辨她骂人那句话的背后是什么？权当她骂人那句话就是正常说话，你没那个分别心，你听着就不难受。

L：但是老师，我还想说，上个月我有点儿忍不住，故意地去疏远她，故意她说什么我都装听不到，她可能看出来觉察到了，后来她就改了，她变得不太说话了，后来我自己反省，我这样做好吗？一个九十岁的人，作为儿媳妇，我用这种方式改变她的习惯，这让我有一种负罪感。

P：所以从现在开始，你回头吧，你跟她唠嗑，她既然能骂人就叫她骂，就让她说。你呢，该笑笑，她骂你，你也笑，她九十多岁了，改她干吗呀？是不是？你别生分别心，因为她习惯了，她就用这样的方式来保护自己，因为她这一辈子一定经历了很多苦难，含辛茹苦，她不用这种愤怒的方式，不用这种抗争的方式，她养不大那么多孩子，她没办法。她不想积压那么多愤怒，所以她就得说出来，她就得骂。怎么得劲儿怎么骂，为啥？因为她得劲儿了，第二天她还能活下来，否则她连活下来的勇气都没有。

L：真的是这样，老师。

P：她的行为和语言背后，你有看到她的苦难吗？你有看到她内心积压的愤怒吗？你有看到她对这个世界，对那么难养的孩子的悲怆感受吗？她的心碎，你能看到吗？

L：她就是养活这一大家子真太不容易了，真的。

P：所以全家佩服她。

L：真的佩服她。

P：她喜欢骂人的背后是内心极大的伤痛。她有很多的委屈，她对这个世界都充满了怨恨，明白吗？活着这么难哪，这么不容易呀。对吧，慈悲就是通过这些现象看到她内心的伤。你理解了，再听她骂人，就不难受了。她在转移她的愤怒和她的压抑。她在表达她对这个世界的抗争，她要不是这烈性脾气，日子过不成这样。

L：对。

P：多了不起呀！

L：对。

P：跟你爱人聊聊，"哎呀，妈妈这人我想明白了，她多么不容易呀，放心里压的。所以现在骂骂吧，我也不生气了，我想明白了。"

L：嗯。

P：你爱人听你这番话，你们之间的关系也会更和谐。

L：其实就是这样。我爱人正是因为这样，他才对我格外好。

P：是。

L：所以他知道我委屈。

P：对，但原来你还有个"委屈"跟着，现在你就真的变得更通情达理了，真正理解这一切背后的原因了，对吗？因为理解而慈悲，慈悲在爱之上，爱的下边是信。这样做，夫妻之间的爱里边升华出慈悲了。所以，小春你看看，你的慈悲心出来了，这就是一份升华。

　　L：嗯，好的老师！

　　P：可以了吗？

　　L：可以了老师，谢谢老师！哎呀，我太受益了，谢谢老师。

　　P：好，那么今天就到这儿吧！

第九章

归　路

童年时，家里的老房子

2024 年 1 月 15 日，归故里。

阔别四十载的家乡——吉林省长春市九台区西营城镇。

归乡之路，亦如回归初心……

落叶归根不是归宿，

爱自己才是最好的归宿。

故园重游，回忆翻涌

无论走多远，

不要忘了当初为什么出发。

从老家的窗向外望

向外看是寻找，

向内看才是答案。

老家的水很甜，像我的童年一样质朴、清甜

记得小时候，只要一瓢水就能引出源源不断的水流。

人生何尝不是如此，所有的结果，根源都在我们自己这里。

家乡的苞米

春种一粒粟，秋收万颗子。

你曾经在心里种下了什么？

现在又收获了什么呢？

学校早换了新校舍，我也会将那段回忆保存如新

小时候就读的九台第三小学，后来的兴华小学。

今天废弃的状态就像生命的朝夕，时刻都是运动变化的！

没有永恒，只有记忆的存在！

希望我的生命也像这金黄的玉米垛，即便身在寒冬，也能保持丰满、扎实

路漫漫其修远兮，吾将上下而求索。

爱自己，是一生的修行。

  一直以来，我的脑海中常常浮现出这样一幅画面：

  一条通往未来的道路，两旁矗立着五百棵笔直伟岸、高耸入云的大树。它们的两侧是一望无际的麦田。金灿灿的麦穗颗粒饱满，沉甸甸地低着头。

  经过多次冥想，我终于完成了对这幅画面的解读：那五百棵参天大树，是我心心念念想要影响的五百个生命，他们也将成为未来与我携手传承爱、为社会贡献价值的专业人才。而那片金黄的麦田，则象征着积淀、成熟与富足。

  这，便是我毕生的追求，也是我心灵的归宿。